ちくま文庫

宿で死ぬ

旅泊ホラー傑作選

朝宮運河 編

筑摩書房

目次

宿で死ぬ　旅泊ホラー傑作選

三つの幽霊

遠藤周作

怪談といっても、ぼくは本当に幽霊が実在しているのか、どうか、未だにわからないのだ。今からお伝えする三つの怪談はいずれもぼく自身が体験した納得いかぬ出来事ばかりなのだが、もし読者が鼻の先きに冷笑をうかべずその謎を手紙ででも教えてくだされば本当にうれしいと思う。

「鼻の先きに冷笑をうかべ」などとは大変、失礼な言葉だが許して頂きたい。だが今までこの話を先輩、友人に告白するたび、鼻の先きに冷笑をうかべられたことが幾度あったろう。

先日も上野の桜肉をくわせる店で酒を飲んでいる時、作家の吉行淳之介にこの体験談を物語ったら、

「フン」

とても嫌アな顔をしてそっぽ向いた。

「信じないの。信じてくれないの」ぼくはすっかりオドオドして弱い声で呟いたのだが、

冷酷な彼は、

「うるせえな。姉ちゃん、お銚子もう一本。それから桜肉も持ってきてチョウダイネ」

また別な日、読者もおなじみの杉靖三郎博士にある座談会でおめにかかったことがある。ぼくの話をすっかり聞き終った博士はニコニコしながら、

「その夜ね、あなた食べすぎていませんでしたか」

「食べすぎた記憶はありません」

「それじゃ疲れていたんだ。そうです。体は勿論、頭脳も疲れていたんですね。幻覚や幻聴というものは人間が不自然な状態にある時、起るものですからね。よく考えてごらんなさい。思いだしませんか。疲れていた。そうでしょう。そうに違いない」

杉博士はハジキ豆を口から飛ばすように物を言われる。ぼくは抗弁する暇もなく「疲れていたのかしらん」と半ば心に思いこむようになってしまう。だが一度ならば兎も角、この三度の体験がいずれもぼくの疲労時に起ったことではなさそうだ。

先輩の柴田錬三郎氏はもっとひどい。

「おめえ」縁なしの眼鏡ごしにジロリとぼくを窺《うかが》いながら「またウソを言う……」

「先輩！　ウソじゃありません」

「ウソだ。ウソにきまっとる」

「困るなあ」

「そうウソばかりついておると狼少年のようになるぞ」

断わっておくがぼくは今まで幽霊が実在しているのか、どうか未だわからない。自分が味わったこの三つのふしぎな体験も先輩や友人の言うように幻覚・幻聴、あるいは偶然の重なり合いであればどんなによいか、わかりはしない。ただぼくが当惑しているのはあのいずれもが周囲の事情から見て幻覚や幻聴ではなかったためである。偶然の重なり合いとすれば余りに事がうますぎる。（読者は特にこの点を考えながら読んで頂きたいと思う）

もう一つ。ぼくはそれまで幽霊など信じたことのない男だった。よく、そういう話を他人からきかされても、今の吉行淳之介や柴田先輩のように「フン」と言ってソッポ向くか、唇に皮肉な微笑を浮べたものである。

勿論、相手があまり真剣になった時には「こいつは本気かもしれん」と考えたこともある。だが自分が実際、この眼で見、この耳でたしかめぬ限りは幽霊など信じることができぬという不信の念がいつも心の底に残っていたことは確かなのである。この点を特に強調しておくのは、あの三つの体験がぼくの心から勝手に生まれたものでないことを知って頂きたいためである。ぼくにもともと幽霊を信じる気持がひそんでいたならば、こういう心の迷いもありえたかもしれない。しかし、それまで妖怪変化の類を軽蔑するぼくであった以上、この体験も決して無意識の記憶がうんだ妄想ではないらしいのである。

第一回目の経験はフランスのルーアンという町で起った。今からちょうど七年前の話である。

ルーアンは北仏、ノルマンデイにある人口、七、八万の小さな、ひっそりとした小都市だ。巴里《パリ》から汽車で二時間ほどセーヌ河の碧《あお》い流れを右左に見ながら、豊かな牧場や牧場をふちどるポプラの並木の間をゆっくりと北に進むと、突然、トンネルにはいる。そのトンネルをぬけ出た時、陽にキラキラとかがやく教会の塔やひっそりと静まりかえった甍《いらか》の中から見えてくる。それがルーアンだ。

ぼくはその年の七月、マルセイユに上陸したばかりの留学生だった。フランスの大学は日本とちがって十月が新学期なので、まだ二ヵ月ほどの暇があった。

その二カ月を利用してぼくは中仏の城を見たり、アルプスの冷たい山々にかこまれたサボア地方をめぐり、巴里に戻ったのは八月も末だった。

巴里の夏はつまらなかった。劇場も音楽会もほとんど秋までは休んでいるし、大きな商店なども鉄の厚い鎧戸《よろいど》をおろしている。街は砂漠のように乾いて人影も少ない。それは朝鮮戦争の始まった年なので日本大使館もまだ設置されておらず、邦人の数も十人に足りない。ぼくは羅典《ラテン》区の安ホテルに一週間ほど暮していたが、あまりの退屈さにふたたび旅行に出ることを考えはじめた。

ぼくはルーアンという町を一度、見ておきたかった。子供の時読んだ、仏蘭西《フランス》の聖女ジャンヌ・ダークが魔女として火刑に処せられたのがこの町であることも憶えていたし、彼女が閉じこめられた城の一部がまだ残っていることも耳にしていたからである。

　そんなわけで、昼、巴里のサン・ラザール駅をたってルーアンに着いたのは午後四時頃だったと思う。駅の前の広場には真白な烈しい陽の光がふり注ぎ、キャフェのテラスでは三、四人の米国人の旅行客が汗をふきながら麦酒のコップを眺めていた。

　はじめての町であるから勿論、ぼくには行く当てもない。絵葉書や土産物の人形を売っている通りをぬけて、時計町というメイン・ストリートを見物したり、古い城塔《じようとう》や教会の周りをぐるぐる回ったりすると、もう猫の額のようなこの町が全部わかったような気がした。

　いつのまにか陽が落ちていた。ぼくはセーヌ河に沿ったルーアンの小さな港にたっていた。港といっても巴里から大西洋海岸のアーブル市まで上りおりする小さな蒸汽船や達磨船が錨をおろす波止場である。黄昏《たそがれ》の光がセーヌ河の河面《かわづら》を薔薇色にそめている。ランニング・シャツ一枚の男が木箱を肩にのせて舟に積んでいる。彼等は時々、胡散臭そうな眼つきで東洋人のぼくを窺った。

　その夜、波止場ちかくの旅館に泊った。第一日目の不可解な体験はこの旅館の中でぶつかったのである。

　それは港に沿った大通りの裏手にあたる小さな家だった。仏蘭西の街ではよく見かけるのだが、一階が酒場、兼安料理屋になっていて二階と三階はあまり金もない旅人を泊める旅籠屋だ。その黄昏、ぼくが酒場の扉を押した時も、三、四人の人夫らしいのが暗い隅のテーブルで、トランプを遊んでいた。

「部屋、ありますか」ぼくは少しオボつかない仏蘭西語でたずねた。

白い前掛をしてコップを磨いていた亭主は黙ったまま、しばらくぼくの顔を眺めていた。トランプを遊んでいた人夫たちも煙草を口にくわえたまま、こちらを見つめている。

「部屋、ありますか」もう一度、ぼくがきいた時、人夫の一人がニヤッと笑って、仲間に何かを小声でささやいた。亭主は壁にかけた部屋鍵をとり、相変らず無言のままぼくに差しだす。

その鍵をうけとってぼくが二階にのぼる階段をのぼりはじめると、背後で人夫の声らしいのが、

「奴の××……」

そのあとの言葉は当時のぼくにはよくわからなかった。わかっていたならば、この時、きっとある危険を予感したかもしれない。というのは「××がしぼむ」という仏蘭西語の俗語には「縮みあがる」「震えあがる」という意味があるからだ。不幸にしてルーアンに着いた頃のぼくはそのような俗語が理解できるほど、仏蘭西語を知らなかったのである。

「シッ」

亭主がすぐにその言葉を制したらしいが、ぼくは別に気にもとめず二階の廊下に出た。うす暗い、きたない部屋だった。病院によく見かける鉄製のベッドが一つ、洋服ダン

スが一つ、それに水を入れる剝げちょろの壺が枕元の小机においている。窓にちかよってみると、下は埃をかむった夏草が生えた空地。空地の向うには工場の塀が灰色に拡っていた。

客は一人もこの家には泊っていないらしい。隣の部屋からも廊下からも物音一つ、きこえない。ぼくはベッドに腰をおろしたまま、しばらくの間、夏草の生えた空地と工場とをぼんやり眺めていた。

そのうち夜がきた。下の酒場におりてみると、人夫たちは相変らずトランプをやっている。亭主もバーテン台のうしろでコップを磨き続けている。ぼくはできるだけ彼等から離れた席でラム、オムレッとチーズとで貧しい晩飯をくったが、その間、時々顔をあげると、人夫たちもトランプのかげからジッとこちらを窺っているようだった。勿論、その時のぼくは彼等の視線をうるさいとは思ったが、それも黄色人にたいする好奇心のためだろうと考えていたわけだ。

飯がすむと部屋に戻った。もう一度、ルーアンの街を一回りしてみようかと思ったが、出かけたところで見るものは何もない。ベッドにひっくりかえったまま、染みのついた天井を見あげていると、遠くから教会の点鐘がきこえてくる。非常に暑くるしくて、なかなか眠れない。眠れないだけではなく少し息ぐるしい。

そこで窓をあけて灯を消した。（窓のむこうは先ほども書いたように草の生え茂った空地である）シーツの中に裸の体でくるまって眼をつむった。

何時間たったのかしらぬ。夢うつつの中でぼくは先ほどよりももっと強い息苦しさを感じた。息苦しさというよりは何か太い手で胸をしめつけられていく感じである。（この感覚はよく怪談などに出てくるが、ぼくのこの時の経験からみると巷間の怪談や体験談に出てくる幽霊出現時の息苦しさはあながちツクリものではないように思う）

突然、ぼくは得体のしれぬ恐怖感におそわれてベッドからとび起きた。背すじを悪寒《おかん》が走ったといった方がいいかもしれない。なにかわからないのだが部屋の中に人間か獣か生きたものがいるという恐怖感である。そいつは先程、開け放しにしておいた窓のかげにジッとたっているらしい。電気のスイッチを急いで探った。灯をつけた。

ダイダイ色の光に照らされた部屋の中には勿論、ぼく以外だれもいない。よごれた洋服ダンスとハゲちょろの水壺と、それからこのベッドがあるだけだ。窓の向うは真暗な闇である。

一匹の蛾が灯を慕って飛んできた。そいつは電球のまわりをグルグル周っていたが、急にぼくの眼の前をかすめると一直線に闇の中に消えていった。

ベッドから起きて窓にソッとよってみた。その瞬間ふたたびあの悪寒を感じたのである。窓の外の闇からとっても不愉快な生あたたかい空気が流れてくるのだ。（前は空地だし）と急いで窓をしめながら考えた。（昼間の熱気が夜の冷たい風に流されてこの窓にぶつかるのだな）勿論、この時、ぼくには幽霊のことなど少しも念頭になかった。そんなものを信じていないぼくはこういう現象を怪談風に考えたくはなかったのである。

翌朝までぼくは少しウトウトとすると、教会の鐘で眼がさめ、そしてまた、浅い眠りに落ちた。やがて気がつくと烈しい日の光が窓から流れこんでくる夏の朝だった。

その昼、旅館をでた時、酒場にいた亭主は勿論、何も言わなかった。トランプで遊んでいた人夫たちも働きに出たのか、姿を消している。空地には白い埃をかむった夏草がおい茂り、その向うには灰色の塀が長く続いていた。

巴里に戻ってから一カ月の後、ぼくは現在名古屋の南山大学の教授をしていられる片岡美智さんの下宿で偶然ルーアン出身の文科学生に紹介された。

「ルーアンは見物しましたか」と彼がきくので、

「泊りましたよ。イヤな目に会った」

ぼくはその夜の思い出を彼に語った。その時、彼はハッとした表情になったが、

「その宿屋《オテル》は？」

波止場の近くで、これこれ、と地図をかいて教えると、しばらく黙っている。

「前が空地で空地の向うは工場でした」

「そうですか。実は……」

実は、と彼が話してくれたのは、その小さな宿屋はルーアンの新聞にも載ったほど評判のホテルだったのである。空地には昔、工場が続いていた。第二次大戦の終り、ルーアンは米軍と独逸軍の空襲でひどく爆撃された町だが、その時、十数人の労働者がこの空地で死んだという。空地に隣接した家では夜になると、ふしぎな事件や人間の呻き声

をきくことが屢〻あったのだそうだ。

「イヤあね」片岡美智さんは眉をひそめた。「ほんとかしら」

「怪談なんて、いつも、そういう尾ひれがつくものですよ」

ぼくはそう答えたが、心の中に何か不愉快なあの夜の気持が甦ってきた。

これがぼくの第一の体験である。この時はまだ、あの夜の真相が死んだ労働者たちの亡霊のせいとは心底、信じる気にはなれなかった。成程、そういう事件のあったことも事実であろう。だがあの生ぬるい空気や部屋の息苦しさは空地から流れる気流のせいで、この二つが偶然重なったため、ルーアンの人々を驚かせたにちがいない——そう考えたのだった。

第二の体験はそれから一年半後の冬の夜リヨンという街でぶつかった。

その時、ぼくはリヨン市の学校に通っていた。この話が事実である証拠に住所もハッキリお教えしておきたいが、リヨン市の中心とリヨン駅との間に皿町（リュウ・ド・プラ）とよぶ通りがある。どうして皿町とよぶのかは知らない。おそらく昔この通りは、皿や茶碗をあきなう問屋が多かったためかもしれぬ。

皿町二十七番地にコウリッジ館という学生の寮がある。昔はきたない淫売ホテルだったのだが、リヨンの大学が買って小さな寄宿舎に改造したのだそうだ。住んでいる学生の数は二十人ほど。リヨンに着いたばかりのぼくは学校の学生課の世話で早速、この寮に部屋をもらった。

寮は四階の建物である。一階には下僕をかねた門番の老夫婦が住んでいる。二階と三階には学生の部屋がならび、四階は物置になっていた。

由来、兵営や寄宿舎には根も葉もない怪談がつきものだが、この寮はおもにカトリック信者の学生だけを入れるためか、そういう迷信じみた話は一つもなかった。

ぼくが入寮したのは秋も半ばの十月だった。それがまたたく間に暗い冬になった。リヨンの冬は暗く重くるしい。日本とちがってこの街では十一月から翌年の三月まで、一日とて晴れた日をみないのである。くる日もくる日も古綿色の雲がひくく町の屋根の上を覆っている。午後四時ごろになると、付近の湿地帯から流れてくる黄濁《おうだく》した霧が、街全体をつつんでしまうのである。その霧の中でリヨンは朝がくるまで静まりかえっている。

Xマスがちかづいた頃、学校では定期試験があり、その試験がすむと学生たちはそれぞれ冬休みを送りに故郷に帰省する。このコウリッジ館の舎監も学生もぼくを除くと皆、仏蘭西人だから、十二月も半ばをすぎると一人去り、二人去り、やがてぼくだけが寂しく寮に残ることとなった。

寂しいと書いたが四階建てのガランとした建物の中に独りぼっちで住む気分は寂しいどころではない。日本の家とちがって声をかければ隣家というわけにもいかぬ。廊下も部屋も急に空虚に冷たく静まりかえり、夜がふけて外出から帰った時など三階までのぼる自分の靴音がコンクリートの壁にうつろに反響するのである。勿論、一階には門番の老夫婦がいるが彼等も冬休みとなれば仕事もなくなり、扉をとじてひっそりと住んでいるからぼくと交渉はないのだ。

建物の出入口の鍵は門番夫婦とぼくとが一つずつ持っていた。舎監もXマスをグルノーブルの故郷で送るため、合鍵はぼくに渡して去ったのである。だから夜、床につく前ぼくはいつも三階から一階までおりて玄関の戸をしめることにしていた。

当時の日記を読みかえしてみると、最初の事件が起きたのは十二月の二十二日になっている。その朝、ぼくは門番の老夫婦から叱られたのである。

「ムッシュ、あんた、昨夜玄関の鍵をしめなかっただろ」

「冗談じゃない。しめたよ。たしかにしめましたよ」

ぼくは懸命に首をふった。

事実、その前夜（つまり二十一日の夜）ぼくは夕暮から映画を見にでかけて、戻ったのは七時すぎだった。部屋でキャマンベールのチーズと葡萄酒の小瓶とで遅目の晩飯を食い、それから鍵をしめに下へおりたのである。しめたあと、神経質なぼくは二、三度ノブをまわし、扉を押して確かめることにしていた。その夜も万が一、鍵がはずれていなかったか、しっかりと調べたつもりである。

「イヤ、イヤ、扉はあいていたね」老人は頑固に言い張って肥った女房をかえりみた。「真夜中にだれかが階段をのぼる足音をわしらはきいたんだ」

「足音？　ふしぎだな」ぼくは首をひねって「何時頃ですか」

「午前一時だよ。わしは眼をさまして婆さんに時間をきいたんだから」

そんな筈はない。玄関をしめたあと、ぼくは部屋に戻って寝床で少し本をよんだのだが灯を消したのは十時頃である。

「あんたたちは昨夜、何時に寝ましたね」

ぼくがそう訊ねたのは、ひょっとして彼等が、鍵をしめに一階におりたぼくの足音を聞いて誤解したのではないかと考えたからである。

「昨夜？　昨夜は十一時に寝たよ」

どうもふしぎである。門番の老夫婦は頑固者だが決してウソをつく人間ではない。それに今朝、出入口の鍵をあけたのはぼくだが、この時もたしかに固くしまっていた。

二十二日の夜、ぼくはこの事件があったから、念には念を入れて鍵を回した。厚い扉を幾度も押してたしかめてもみた。それから三階の部屋に戻り、本を読みだした。

その夜はいつもより霧のひどい夜だった。窓に近づいてみると、路一つ隔てた向い側の家々が灰色にぼんやりと浮び上っている。街灯の青い灯だけがにじんで、ポツン、ポツンとたっている道路には、人影もみえなかった。

しばらくの間、ぼくは本を読みノートをつけた。部屋のスチームはもう冷えきっていたから、毛布を足にまいて寒さを防いだ。遠くで教会の鐘が十二時をならした時、やっと本を閉じて寝支度をした。

足が氷のように冷えきったためか、なかなか眠れない。こんな時、ぼくはよく眼をとじて二年前に離れた東京のこと、東京の場末の町のことを思いだすのである。あの駅からこんな路が走っていた。そして路にはこんな家、こんな店屋が並んでいた――外国で日を送った者なら誰でもこういう寂しい回想は味わうものである。

その時、静まりかえった建物の中でぼくはかすかな音をきいた。足音である。コンクリートの階段をゆっくりとのぼってくる足音である。一階から二階――二階から三階、固い靴音が次第に大きくなり、コンクリート壁につめたく反響している。

ベッドから体をあげてぼくは耳をすました。靴音は三階までくると踊場のあたりで、しばらく消えてしまったが今度は物置のある四階にむかってゆっくりとのぼっていくのである。

「誰？」とぼくは大声で叫んだ。「誰ですか？」

返事はなかった。物置部屋の戸がしまる鈍い軋んだ音だけがきこえた。

「誰？　誰ですか」

夢をみているのではないかと思ったが、夢ではなかった。手さぐりで部屋の灯をつけ、廊下にこわごわ出た。その時はリヨンの街によくいる乞食か浮浪者が夜の塒《ねぐら》を求めて忍びこんできたぐらいに考えていたのである。

廊下には勿論、だれもいない。突きあたりの便所からこわれた水槽タンクの水洩れがかすかにきこえるだけだ。

踊場には非常用のベルがあるから、ぼくは急いでボタンを押した。鋭い鈴の音が建物中に響きわたり、やがて一階の電気がパッとつく。門番が起きてくれたのである。

「四階に誰かがいる。早くきてください」

階段の手すりから顔をだしてぼくは大声で叫んだ。パジャマに外套を引っかけた門番は息をきらせて駆けあがってきた。

「懐中電灯は？」

「ぼくの部屋にある筈です」

二人は階段の電気という電気をすべてつけてまわった。流石に建物は真昼よりも明るくなる。その灯に勇気づけられてぼくたちは四階に駆けのぼった。

四階には二つ部屋がある。昔、ここが淫売ホテルだった時は女中部屋になっていたらしいが、今はそのいずれも物置に使っている。カビ臭い匂いがコンクリートの湿気にまじって廊下に漂っていた。

物置の戸はしまっていた。ぼくたちはその戸を蹴るようにして中に飛びこんだのだが、暗い裸電球に照らされてこわれた寝台や破れたマットや手洗所の白い便器などが積みかさなっているほか、猫一匹いなかった。いや、窓が少しは開いていたが、四階のここから下の地面までとても人間は飛びおりることはできない。窓の隙間から黄色く霧が煙のように流れこんできたが……

門番とぼくとは建物のすべてを調べまわったが勿論、玄関の扉はかたく閉じられていたのである。ほかの出入口も窓も鍵はしっかりとかかっていた。あの靴音は何処から始まり、何処から去っていったのか、我々には合点がいかなかったのだ。

その夜門番夫婦は三階のぼくの部屋の隣に寝た。ぼくは兎も角、老夫婦たちは非常に怯えたのである。

しかし足音はもう二度と聞えなくなった。

Xマスが終って舎監や学生が戻って来た時、ぼくらは色々とその原因を討議しあったものだが、だれ一人として見当がつかないのである。

「昔、ここの女中に惚れた男がいてね、その死霊が霧の夜にたずねてきたのだぜ」

そんな空想談を出《で》たらめにしゃべる者もいたが、勿論、作りばなしである。怪談というものはすべて、このように後になってだれかが創作を加えるものだから、現在、あのリヨンのコウリッジ館では学生たちが実《まこと》しやかに語り伝えているかもしれない。だが、靴音をきいたのはぼくと門番と二人であり、一人ならば空耳とか幻覚とか考えられるが、今もってあの不気味な冬の夜の事件の真相はわからないのだ。


この二つの話は外国で起ったことだから、読者の中には疑わしい気持で読まれた人もいられるかもしれない。そこで、ぼくは一昨年の十二月にぶつかった第三番目の怖ろしい体験をどうしてもお伝えしないではいられない。

この体験は幸いなことにぼくだけではなく作家の三浦朱門も味わっている。ぼくの話に信用のおけぬ人は是非とも昨年、正月号、文芸春秋漫画読本に書いた三浦の一文を読んでいただきたいと思う。三浦だけではない。初めは我々の話を信じなかった曽野綾子さんの言によると彼女の友人も後日、同じ場所で全く同じような怖ろしい経験に出くわしたのだそうだ。

一昨年の十二月の終りである。ぼくは三浦朱門と伊豆に小さな旅行を試みた。ちょうど二人とも仕事が一段落ついたので、暖い海べりをブラブラ歩いてみたくなったのである。夕暮まで小田原で遊んだが、あの砂ぼこりのたつ殺風景な町はどうも面白くない。

「ひとまず伊東に行こうじゃないか」小田原の珈琲店でぼくは時間表をみながら、「伊東から熱川にくだるのも一興だぜ」

「そうするか」

三浦もこの町には飽きたらしく素直に肯いてくれた。

だが伊東に向かう汽車が熱海に停った時、急に彼は駄々をこねはじめて、

「降りようや。降りようや」

「熱海で泊ったってツマらんじゃないか」

「そりゃそうだが、俺は腹が先程から空いてなあ」

三浦という男は酒も飲めず、菓子もキラいなくせに人一倍の大食漢で、熱海駅の駅弁の声をきくと腹の虫がおさまらなくなったと言うのである。

「もう、ひもじゅうて、ひもじゅうて」

そう哀願されればぼくも仕方がない。三浦のあとをついて、夕暮の熱海駅におりてしまった。

駅前の広場には寒そうに肩をすぼめた客引きが五、六人かたまっていたが、ぼくたちは鞄を手にしたまま、駅から北側の、山にそった山道を登りはじめた。なんだか、海岸よりの騒がしい旅館やホテルが嫌だったからである。

坂からは灯のキラめく熱海の町と黒い海とが見おろせた。むこうの灯台にも灯が明滅している。

人影のない道をのぼりつめた所に竹藪にかこまれた待合風の旅館が目についた。夕暮の風が竹をならし門から玄関までは曲りくねった暗い石段になっているが、その玄関も戸を閉じている。

「ここに泊ろうか」

少し陰気臭いが、ひっそりとした感じが悪くないので三浦にたずねると、

「うん。風呂と食事さえあれば、それでええわ」

玄関に指をついたのは色の白い丸顔の女中が一人。宿というよりは、友人の別荘でもたずねたような形である。

「ほかに客はいますか」

「いいえ、全部、あいております」

全部と女中は答えたが、通されてみると部屋数も四、五間しかない。玄関につづいて

洋間があり、その隣がぼくたちの部屋である。

丹前に着かえて茶をすすりながら、

「宿にしてはふしぎな家だな」

「風呂も小さいのが一つしかないね」

三浦としきりに首をひねったものである。その風呂にはいり、飯をくい、飯をくったあと、二人は下手な五目ナラベをして遊んだ。それから、少し風邪気味だったぼくは、

「薬を買いにいくぜ」

三浦をさそって熱海の町におりた。町で射的をやったり、麦酒をのんだりしたあと、宿に戻った時は十一時半も過ぎていた。

「お寝床は離れにのべてございます」

玄関をあけてくれた先ほどの女中は竹藪にかこまれた暗い建物を指さした。そう言えばさっき、この宿屋の門をくぐった時、右側にひどく陰気な離れのあったことをぼくは思いだした。

下駄をつっかけて、その離れに行くと、既に水差しや電気スタンドをはさんで寝床が二つ敷いてある。

「これは茶屋やな」三浦は丹前の襟にあごを埋めてジロジロと天井や壁を見まわしながら、

「変やなあ、入口も便所も、みな、鬼門やで」

「鬼門? 鬼門とは何だ」

「お前、鬼門を知らんのか」

彼は関西弁でくどくどと鬼門の意味を説明してくれたが、ぼくは別に聞いてもいなかった。ただ、この離れは長い間、しめきっていたとみえて、障子や畳はあたらしいが、湿った青くさい匂いが、部屋中にこもっていて不愉快だった。

寝床の中で男二人が話す話題はどうせ、ケシカらぬものである。ぼくと三浦は布団に顔をうずめてクックッと笑った揚句、

「おい、もう寝るとするか」

スタンドの灯を消したのが十二時過ぎだったろう。闇の中で遠く熱海駅からひびくもの悲しい拡声器の声がきこえてくる。やがてぼくは旅の疲れも手伝って、眠りに落ちていった。

しばらくすると、ひどく息苦しくなってきた。胸を両手でしめつけられるような気がするのだ。(この感じは第一回目の体験、つまり、ルーアンのホテルでの感覚と非常によく似ていた)

だれかが——それも男か女かはわからないが——ぼくの耳に口を押しつけて、ひくい嗄《しわが》れた声で何かを囁いている。「ここで、ここで俺は首をつったのだ」

今ではあの言葉を正確に思いだすことはできない。「ここで俺は自殺したのだ」だったのかもしれない。とも角、その声は自分がこの場所で死んだことをしきりに訴えてい

たようだ。

眼がさめた。寝汗で背中がグッショリと濡れている。しかし今の息ぐるしさや嗄れた声の調子はハッキリと憶えていた。船酔いに似た不愉快な眩暈《めまい》が頭に残っている。

（イヤな夢をみた）

とぼくは思った。恐怖感は全然なく、それよりも汗にぬれた寝巻を着かえねば風邪をひくという心配の方が大きかった。おそらく胸に手をあてて寝たため、悪い夢を見たのだろうと、ぼくはぼんやりと考えていた。

（このまま、寝たら、風邪がこじれるだろうな。こじれるだろうな）

しかし起きあがるには体がだるく、ふたたび眠りに落ちたのだが——

また、あの圧えつけてくるような胸の重さと耳もとに口をよせて囁く声が聞えだしたのである。「ここで、ここで俺は首をつったのだ」

今度はゾッとした気持で目をあけた。先ほどよりも一層烈しく寝汗が背中を流れている。三浦の寝床からは寝息さえ聞えぬ。よほど彼を起そうかと思ったが、話したところで嘲笑されるのが落ちである。ぼくは黙って眼をつむった。

三度目の眠りにはいった。また、同じ感じと同じ声とがはじまった。今度はぼくの胸をしめながら、しきりにその男は体をゆさぶっているようだった。男といっても勿論、顔、形がみえるわけではない。ルーアンでの体験と同様、そいつがそこにいることだけがハッキリと感ぜられるのである。

「三浦」遂にぼくは声をあげた。「起きてくれ、この部屋には何かあったらしい。だれかが自殺したらしい」

突然、三浦がパッと飛び起きる影が闇の中でみえた。彼はしきりに電気スタンドの鎖をさがしている。

「ほんまか、それ」

「夢ばかり見て、俺」ぼくは枕を鷲づかみにしながら「胸を押えつけやがって、自殺したと男が言うんだ」

三浦はしばらく黙っていた。それから、

「おい」と震え声で答えた。「俺も見たのや」

「見た？　何を見た？」

熱海の駅を貨物列車が通りすぎる音がかすかに聞えて来た。庭で竹藪が風にざわめいている。スタンドの暗い光にうつった三浦の顔はひどく灰色でみにくく歪んでいた。

「さっきから二回ほど、眠れずに眼があくたびに」彼は枕に顔を伏せながら話しはじめた。

「その部屋の隅にセルを着た若い男が後向きに坐っているのや、俺、もうたまりかねて起そうとした時、お前が声をあげたんや」

ぼくは三浦の指す部屋の隅をみたが、勿論、そんなセルを着た男の姿はなく、スタンドの光が暗い影を壁につくっているだけだった。

突然、長い間、忘れていたルーアンの夜の思い出がぼくの心に甦ってきた。ぼくが真実、幽霊の存在を信じたのはこの瞬間である。

「逃げよう」ぼくは大声で叫んだ。

寝床から敷居までは一米もないのだが、半ば腰がぬけたようで、なかなか走れない。三浦はぼくを押しのけて先に出よう、出ようとする。友情もヘッタクレもあったものではない。

「待て。これ、待たんか」

母屋の玄関までやっとたどりついた時、恐怖のためであったろう、烈しい嘔気に襲われた。木にもたれて、ぼくは幾度も白い水を吐いた。

このあたりで、ぼくは三浦朱門自身の口からこの経験がウソでも想像でもないことを証明してもらいたいと思う。幸い、三浦がこの事件の直後に書いた一文が手もとにあるから、その一部をここに引用しておこう。

私と遠藤周作とは雑談に疲れて熱海の町を一回りしてきた所だった。ドテラを服の上に着ていたから、海の風で顔や鼻は冷たかったけれど、身体は温かかった。私達は軽い練習を終った運動選手のような意気ごみで私達の部屋——離れだったが——に乗りこんだ。私が離れの板戸を開けて町へ行く時とは違う部屋の様子にちょっと不快な気持になったといっても、それはグローブを持って飛びだした子供がちらりと宿題のことを思いだすといった程度にすぎない。

「君はイビキをかくとか、寝相が悪いとかいう悪習があるかい」

と遠藤が聞く。もっともな質問である。

「眠りながら歌、歌ったり大声で笑ったりするらしいんや」

「俺もぶつぶつ言うらしいな。もっとも俺はそんなことはないと思うがね」

結局、寝そびれた方が損ということで一、二の三で布団にはいった。

私は寝そびれてしまったらしい。火事の時はこう逃げて地震の時は下駄を忘れまい、そんなことをぼんやり考えているうちに、遠藤がブツブツ言いはじめた。彼がブツブツ言っている限りは寝つけないような気がして腹がたつ。彼の布団をひっぺがしてやろうと思った。しかし私は半分眠っていたとみえて、身体は動かなかった……

その時、私は彼の夜具の足許に人がいるのに気がついた。うしろ向きにうなだれている人影だった。腰から下は遠藤の布団にかくれて見えない。肩の線、背中の線だけが割合はっきり見える。

後でその時のことを聞かれて、私はその人影を説明するのに困惑した。私は半分、眠っていたから、それが男か女か、という判断を下さなかったのだ。しかし、どちらだと聞かれれば男のようだった。また洋服か着物か、と言われると着物。色はと聞かれるならネズミ色。しかし私がその時、ネズミ色の着物を着た男の後ろ姿を見た、と言えば嘘になる。その時の私が意識したのはうつむいた後ろ姿、肩と背中の線といった程度である。

私ははっきりと目をあけた。夢だったのだと思った。掻巻で肩をつつんでいるから背広の上衣を後ろ前に着る時のように首を掻巻の襟が圧迫する。そのため変な夢を見たのだと思った。私は便所にたった。この際、少しでも負担を軽くする方が安眠できると考えたのだ。遠藤はいつの間にかブツブツ言わなくなっている。時計を見ると十二時半だった。

眠っていると、遠藤がまたうるさくなった。とんでもない奴と旅行に来たものだと私は不満だった。半分、眠った心で何度も遠藤をゆすぶろうとした。しかし私の現実の行動としては、ただ寝がえりを打ったにすぎない。

その時、今度も彼の足許に後ろ向きのうなだれた人影がいた。

私は目をさました。今度は恐ろしかった。同じ状況が二度、続いたから同じ夢を見たのだ、と自分に言い聞かせたけれど、眠気は全く去ってしまった。遠藤はまたおとなしくなった。突然、

「おい、三浦」

と彼が呼ぶ。私の返事を待たずに、

「ここで何かあったぞ。さっきから三度も出てくるんだ。『ここで、ここで死んだ』と

俺をおさえつけるんだ」

彼はそれきり、また眠るらしく静かな呼吸が聞えるだけだった。私は眼を開けて闇を見つめた。歯痛のように激烈な感情が私を襲って一人では心細かった。

「俺も見たんや。君の足許に後ろ向きの人影をな」

私達は電気をつけてお互いの体験を話し合った。遠藤はねたと思うとすぐ『ここで自殺した』という声にうなされて、胸に圧迫感をおぼえたという。

「掻巻で首を締めてたからやないか」

私自身あまり信用していない説明を持ちだした。

「そんなものとは違う。僕は何度も掻巻をして寝たことがありますよ。だけどこんな目に会ったことはなかった」

彼の口もとから白い息がかすかに立っていた。明け方で冷えてきたのだ。人影が見えたあたりは電気スタンドの光が届きかねるらしく襖が鈍く照らし出されている。

「その辺だったよ」

私が指さすと彼は腹立たしそうに、

「よせよ、そんな話」

と煙草の袋をガサガサとさせた。

私は電気スタンドを消すのが厭だった。眠るのも厭だった。早く夜が明けるといいと思った。たかが夢だと自分を説得しようと努力した。しかし私の体中でその説得に反対するのだ。私が普段は信じてもいないことがしきりに実感を持って思い出される。海の方角が南とすると便所が鬼門で、門がこの離れの裏鬼門に当る。つまり私の心が弱ってどんな暗示にでもたやすく溺れてしまうような状態になっていたのだ。私はふと遠藤がカトリックの信者だったのを思いだした。

「十字を切るといいんじゃないか。この際」

「あほう、そんなもんきくかい」

三浦の文章はまだ続くが長くなるからこの辺でやめよう。読者はぼくの三回目の体験も根も葉もない作り話でないことがおわかりになったろう。

ぼくが今日も理解できないのはこの経験がぼく一人のものではないことだ。かりにぼく一人があの夜、あの胸苦しさを感じ、耳もとに男の声を聞いただけならば、それは幻聴であったと言えるかもしれぬ。しかし、同じ時刻、ほぼ同じ回数、三浦の方はセルを着た幽霊を認めたのである。三浦とぼくとの幻聴と幻覚とが偶然、重なりあったとはとても考えられないのだ。

この事件の直後、色々と奇怪な出来事があった。旅から帰ったその日からぼくは突然、原因不明の熱を八度以上もだし一週間ほど寝こんでしまったのである。三浦の方もおかしな目にあった。東京に戻った彼は早速愛妻の、曽野綾子夫人に一部始終を物語ったが、夫人は笑って信じてくれぬ。

「あなたたち、悪いことをしてきたのでそんな作り話をなさるんでしょう」

ところがその日から曽野夫人が愛用の自動車フォルクス・ヴァーゲンを運転しようとすると、いつの間にかタイヤの空気が抜けてしまっているのである。タイヤはパンクしていないし、前日、一杯に膨らましておくのだが、急にペシャンコになるのである。

（思うにこれはあの熱海の幽霊が彼の存在を信じようとしない夫人に加えた陰気な悪戯だったのであろう。したがってぼくの文章を読んでも、尚かつ、疑いの心を持つ読者の身には今夜から怖ろしい怪事が次々と起らぬとも限らない。用心された方がいいであろう）

だが半月たち一カ月たつうちに三浦もぼくも「咽喉もと過ぎれば」のたとえ通り、あの夜の怖ろしさも気味悪さも次第に忘れていった。

あれは二月も終りの夜であった。その夜、午前一時ちかい頃、ぼくは机にむかっていたのだが、突然、机上の電話が鳴りはじめた。

「もし、もし」相手は若い男の声だった。「こんな深夜、お電話をおかけして、大変、申訳ないのですが……」

ぼくは始め、うるさいなと思いながら相手の話をきいていた。けれどもその青年の声はなぜか興奮して震えていた。

「先週、私は仲間と熱海に参りましたのです。そして大変、怖ろしいものに会いました」

彼はその怖ろしいものの話を東京に戻ると友人たちに打ちあけた。すると、友人たちの一人が同じような体験を三浦という作家が雑誌に書いていたと教えてくれたそうである。

「三浦さんの電話番号がわかりませんので、電話帳でお宅の番号を調べたわけです」と彼は言った。

ぼくは青年にその熱海の宿の場所をたずねてみた。すると彼はぼくたちの泊ったあの小さな陰気な旅館の名をハッキリと言ったのである。ぼくも三浦もその旅館の迷惑を考えて、屋号だけは絶対に人にも洩らさず、どこにも書かなかったから電話の青年があらかじめ知っている筈はない。この点だけでも彼がウソをついてぼくをおどかしたのではないことが明らかだった。

「どういう幽霊でした」

「それが詳しくは言えないんです。離れの中にセルを着た若い男がたっていたんです」

その言葉を聞いた時、恥しい話だがぼくの歯はカチ、カチとなりはじめたのである。

「いいですよもう、結構です。サヨナラ」

急いでぼくは受話器をおろし、耳に手をあててそっと後ろをふりかえった。まさか、とは思うが、窓にあのセルの男がじっとこちらを窺っているような恐怖感に捉えられたのだ。

半月ほどたったある日、今度は曽野さんが「遠藤さん。あの話、やっぱり本当でしたのね」

「勿論ですよ」

「私、はじめは信じませんでしたの。でも、ふしぎな事があったのよ」

曽野さんの知人が、二、三日前やはり熱海で同じような経験をしたのである。ただ、今度は宿の場所がちがっていた。調べてみるとぼく等の泊った家の隣家に宿泊したらしい。するとあの幽霊は一軒の家だけではなく付近にも現われるのであろうか。

（これはどうしても調べてみねばならぬ）ぼくは決心した。（いつまでも幽霊に押されていてはかなわない）

月の仕事が終って暇になったら、もう一度、熱海のあの場所をたずねてみよう。そしてセルを着た男の前身を突きとめてみようと考えたのである。

しかし、月の仕事が終ると、別の雑用が起る。結局、ぼくが熱海にでかけたのは四月も終り、そろそろ春も終りになった頃だった。

あの日、三浦と足を曳きずって登った坂路にはあたたかい午後の陽がふり注いでいる。遠くにみえる海の色もあかるく、熱海の町もキラキラと赫《かがや》いている。子供が二人、三人、声をあげながら坂の上から走りおりてくる。すると、ぼくにはこうやって熱海まで来たことが馬鹿々々しい時間つぶしだったように思われてくる。（幽霊などはいなかったん

だ。あれはあれでやっぱり俺たちの幻覚だったかもしれないな)

だが折角きたのだから、せめてもう一度だけ、あの宿屋を見ておきたかった。ぼくは額ににじむ汗をふきながら、ゆっくりと坂の上まで登った。やがて見おぼえのある門と、そして竹藪とが曲り角にあらわれた。

家屋のたたずまいも石段も庭の模様も少し何処かがちがっている。あの時はもう少し陰気でガランとした家のような気がしたが、今日はなぜか空間が狭くなったように思われる。ぼくは眼をしばたたきながら考えこんだが、それは庭が青草に覆われているせいだと気がついた。そう言えばあの竹藪までがあかるい葉を茂らせている。ぼくは足音をしのばせて石段をのぼったが家はひっそりと静まりかえっている。客はいないらしい。ぼくたちの寝た離れの雨戸もしまっている。

その離れの裏にそっと回ると、そこは赤土の露出した崖だった。崖の上に先程の坂路が一回りして続いているのである。切りとった土の色から見るとこの離れはそう昔に作られたものではないような気がする。便所の窓が少し開いていたので中を覗いたが内側は暗くてよくわからない。

ふたたび旅館を出て、ぼくは崖の上に回った。ここからは竹藪の葉を通して宿の庭と硝子戸が見おろせる。エプロンをつけた中年の女が小さな男の子をつれて庭を歩いていた。三浦と泊った時にはついぞ、出会わなかった人である。

夕暮になってからぼくはこの宿から二十米ほど離れた別の旅館に部屋をとった。ここならば幽霊など決して出てくる筈もないと思われるあかるい建物だった。娯楽室には一組の男女が流行歌をかけながらピンポンをしているし、テレビの前には客や女中たちが集まっている。ぼくは帳場でしばらく番頭と世間話をした揚句、

「あそこに待合風の宿屋があるだろう」

何気なくきりだしてみた。

「ああ、あれですか、あれは昔、別荘だったですよ。役者が住んでいましてねえ」

縁なしの眼鏡をかけた若い番頭は万年筆にインキを入れながら教えてくれた。

「役者？　どこの役者？」

「さあ、ぼく等、最近、ここに来たですからよく存じませんがねえ」

「どうして別荘を売ったんだろう」

「斜陽族でしょう」番頭は気のなさそうに答えた。ぼくは煙草を喫いながら、ぼんやりと、あの離れの裏手で見た崖の色を思いだしていた。赤い土の上に午後の光がふり注いでいる。なぜか知らないが、その土の色とそこにあたっていた春の光の記憶がぼくにあの「隅田川」の一節を思いださせたのである。おそらく役者といった番頭の今の言葉がそんな連想作用をよび起したのかもしれない。

物に狂うは、吾のみかは
鐘に桜の　ものぐるい
嵐に波の　ものぐるい……

翌朝、早く、ぼくは宿を出て汽車に乗った。熱海にはそれから一度も行ってはいない。

屍の宿

福澤徹三

バスの扉が開くと、湿った土の匂いがした。

ひやりとした十月の風が車内に吹きこんでくる。涼子は荷物でぱんぱんに膨らんだリュックを担ぎ、先に席を立ったわたしを押しのけるようにしてバスを降りた。鰯雲《いわしぐも》が高く浮いた空に両手を伸ばし、深々と空気を吸いこんでいる。

週末のきょうから、この町の温泉宿に一泊する予定である。

埃《ほこり》っぽい道を歩きはじめると、すぐに涼子が腕をからめてきた。ふだんならひと目を憚《はばか》って払いのけるところだが、そのままにしておく。電車とバスを乗り継いで三時間の田舎町には、わたしたちの顔を知る者はいないだろう。

赤錆《さ》びたバス停の標識の後ろにトタン屋根の待合所がある。脇に赤い頭巾《ずきん》と前掛けをした地蔵が三体ならんでいる。

「絵に描いたような田舎だな」

「そこがいいのよ」

道のすぐ下で、澄んだ渓流がしぶきをあげている。川底に転がる石のあいだを縫う流れに、魚の黒い背がはっきり見える。きれいねえ。涼子がうっとりした声でいう。

渓流に沿って坂道をのぼり、山王寺温泉へようこそ、と筆文字で大書したアーチ型の門をくぐった。どうやらここがメインストリートのようで、古びた旅館や商店がぱらぱらとならんでいる。観光客は見あたらないが、一応は温泉街らしく道路脇の溝から湯気がのぼり、きつい硫黄《いおう》の匂いが鼻をつく。

通りを入ってすぐに民家のような構えのちいさなパチンコ屋があり、かすれた軍艦マーチが流れてくる。なかを覗《のぞ》くと、近くの住人らしい老人が新聞を読みながら玉を弾《はじ》いている。店の入口に寝そべっていたサビ猫が、突然起きあがるとどこかへ走っていった。

「どう、いいところでしょう。このさびれ具合が」

涼子が声を弾ませた。もう肌寒い季節だというのにノースリーブのシャツを着て、臍《へそ》が見えるほど股上の浅いジーンズを穿《は》いている。

「ちょっと、さびれすぎだろう」

「ここは穴場なのよ。ふつうの観光ガイドには載ってないんだから」

「単に人気がないってことじゃないのか。まあ旅館に着いてみなきゃわからんが」

観光案内所と看板を掲げた交番のような建物が、広い敷地のなかにぽつんとある。なかから赤ら顔をした中年男が訝《いぶか》しげな眼でこっちをにらんだ。敷地のあちこちに立て札が立っていて、有料駐車場千円とマジックで稚拙《ちせつ》な字が記されている。

「観光案内所だってさ。どこが見どころか訊《き》いてこいよ」

「厭《いや》よ。あんな気持悪いひとと話したくない」

ふたりは土産物屋の前で足を止めた。店先には温泉玉子や温泉饅頭《まんじゅう》といった商品がならんでいる。奥に大きな鍋があって、こんにゃくやがんもどきが煮えている。食欲をそそる匂いに涼子が鼻をひくつかせた。

「おでん食べたい」

「ちょっともらおうか」

声をかけたら店の奥でがたりと音がした。あきらかにひとがいる気配だが、誰もでてこない。もういいわ。涼子は歩きだした。

土産物屋の隣に、いかにも温泉街らしいさびれた雰囲気のスナックがある。派手な紫色の看板に飲み放題、歌い放題三千円の文字が躍る。

「それにしても、さびしいところだ。いつかにぎわった時期があるのかな」

「いつもは、ひとが多いところが嫌いなくせに。どっちにしても文句をいうのね」

「それは程度の問題さ」

軒下に名物、川魚料理と色褪《いろあ》せた暖簾《のれん》をさげた旅館はとっくに潰れたようで入口にベニヤ板が打ちつけてある。そこで通りは途切れて、紅葉に色づきはじめた山が眼の前に迫っている。温泉街を抜けると、道の両側は鬱蒼《うっそう》とした杉林である。

涼子は駅で買った地図を見て、こっちと指をさす。目的の旅館までは、しばらく山道を歩かねばならないようだ。坂道は螺旋《らせん》状に上へと続き、次第に勾配がきつくなる。十分ものぼると額に汗が浮き、息が荒くなった。四十もなかばをすぎて目立って体力が衰えてきた。

「いったい、いつ着くんだ」

我慢できずに愚痴りはじめた頃、ようやく道は行き止まりになった。

正面に寺のような瓦葺《かわらぶ》きの門があって、山王寺旅館まであと五十メートルと白いペンキで書かれた板が針金で吊ってある。門の脇には、ところどころ崩れかけた土塀が延びている。

「なんだか怖い雰囲気だな」

「変なこといわないでよ」

涼子はふて腐れた表情になると、

「はいはい。なんとでもいってください」

門から先は苔《こけ》むした石段だった。息を切らしてのぼっていくと、玉砂利を敷いた広い庭にでた。飛び石のむこうに甍を弓なりに反らした古い木造の旅館が見える。場所からいって民宿に毛の生えたような建物を想像していたが、意外に立派な造りだ。

玄関の上に木目の浮いた扁額《へんがく》があって、出湯《いでゆ》の里、山王寺旅館と金文字がある。引戸を開けてなかに入ると、大きな梁を組んだ高い天井が眼についた。黒い煤《すす》に覆われているから、昔は囲炉裏でもあったのだろう。

スリッパをならべた上がり框《かまち》に大きな鉢があり、葉先が黄ばんだ観葉植物が植えられている。帳場のカウンターには、雉《きじ》の剝製《はくせい》やら木彫の大黒やら雑多な民芸品が置いてある。

「ごめんください」

声をかけたが、誰もでてくる気配がない。

「留守かな」

「そんなはずないでしょう」

ふたたび声を張りあげたら、どすどすと重い足音がして中年の肥った女が顔をだした。おかめの面のように扁平な顔で、まなじりが切れあがっている。派手な着物の柄からすると女将《おかみ》らしい。

「なに？」

女はぶっきらぼうにいった。

「あの、こちらを予約していた者ですが――」

よほどひまな旅館なのか、女は一瞬驚いた表情になって、

「ああ。そんなら、こっちゃわ」

愛想のない口調でいって歩きだした。急いで靴を脱ぎ、あとを追った。帳場の裏に土産物売場があって、郷土人形や木製の玩具が棚で埃をかぶっている。

「失礼ですが、女将さんですか」

そう訊《たず》ねると、女は黙ってうなずいた。従業員の姿がないから、女将といっても仲居を兼ねているのかもしれない。薄暗い廊下を何度か曲がり、ずいぶん奥の座敷に通された。入口の壁に光沢のある海亀の剝製がかけられていて、涼子が顔をしかめた。

部屋は二間で、ちっぽけな応接セットがある板の間と座敷があったが、畳は赤茶けて襖《ふすま》はあちこち破れている。女将は冷蔵庫の上のポットを顎でしゃくって、

「お茶はそこにあるけん。風呂はあとでええね」

それだけいうと返事も聞かず踵《きびす》をかえした。わたしは苦笑して、

「感じ悪い旅館だなあ」

「ごめん。こんなところだと思わなかった。あたしが読んだ雑誌には、知るひとぞ知る秘湯って書いてあったんだけど」

涼子は縁が欠けた湯呑みに茶を注ぎながら、ばつの悪い顔になった。

「宿帳もないみたいね。ないほうがいいけど」

「こんな田舎だからな。ああいう女将のほうが、意外と親切かもしれん」

涼子に気を遣ってそういったものの、お世辞にもいい宿とはいいがたい。窓際の障子を開けたら黒ずんだ窓ガラスと網戸があって、そこから雑草の生えた庭が見える。かなり高台にあるくせに眺望はお粗末で、遠くに山々の稜線《りょうせん》が霞《かす》んでいるだけだ。

冷たいものが欲しくて冷蔵庫を開けると、なかは空で下に水が溜《た》まっている。仕方なく涼子がいれた茶を呑んだら、出がらしのような渋みが舌に広がった。

床の間には何年も替えてなさそうな達磨《だるま》の掛軸がさがり、コインを投入する式の古ぼけたテレビが置いてある。

「テレビでも見なきゃ、やってられないね」

涼子が百円玉を入れるとテレビはついたが、どのチャンネルも映像に砂嵐がかぶさったような映りで、まともに見られない。

「もう最悪」

「山だから電波の調子が悪いんだろ」

涼子はテレビをつかんで、がたがた揺さぶった。

「やめとけ。むだだよ」

涼子はあきらめきれずにアンテナのコードをいじっている。どこかがひっかかったのか、掛軸がばたりと落ちた。

「ほうら見ろ。いわんこっちゃない」

「ちょっと——なにこれ」

涼子が鋭い声をあげた。掛軸がかかっていたあとの壁に一枚の紙が貼られている。よく見るとそれは御札で、梵字《ぼんじ》のような文字や奇妙な図形が筆で記されている。

「やだ。気味が悪い。おばけでもでるのかしら」

「なにかの縁起かつぎだろ。うちの親父の田舎にも、そんなのが貼ってあったぞ」

気味が悪いのはたしかだが、いまさら宿を移れない。妙な想像をめぐらせても不快なだけだ。涼子は掛軸をもとの場所にかけると、溜息をついて横になった。

「ああ、厭なこと思いだした」

肘枕をした涼子がぽつりとつぶやいた。

「昔ね、知りあいの女の子が彼氏と旅館に泊まったのよ。ここみたいに汚い旅館で厭だったんだけど、田舎でほかに泊まるところがなかったんだって。で、夜になっても仲居さんがお布団を敷きにこないの。それで押入れ開けたら、そこの奥に御札が貼ってあったって」

「なんだ、怖い話か」

「女の子はなんか妙な感じがしたけど、そのまま寝たのね。でもトイレにいきたくなって夜中に眼が覚めたの。で、用を足して寝ようかと思ったら――」

「寝小便たれてたとか」

「もう。茶化さないで聞いて」

仕方なくうなずいた。

「とにかく寝ようとしたら、部屋の箪笥《たんす》ががたがた揺れたんだって。怖くなったけど彼氏は横でぐうぐう寝てるし、しょうがないから箪笥を開けてみたの」

「それで」

「箪笥のなかには、なにもなかった。でもまだ変な音はする。それがどうも箪笥の上から聞こえるから、その子は座卓に乗って、そこを覗いてみたの」

「よくそんなことするな。おれだったら怖くてそのまま寝るけど」

「彼女は気が強いから。でね、箪笥の上をこう覗いたんだって——」

涼子はそこで言葉を切って、幽《かす》かに微笑した。

「そしたらそこに——箪笥と天井の隙間に、口から血を流した裸の女が這ってたんだって」

涼子は蛙のような恰好で畳に両手を突いて、ぺたぺた這うまねをした。

「嘘だろ」

「ほんとよ。その子、びっくりして座卓から転げ落ちたって、頭に怪我してたもん」

「やめろよ。ここでそんな話してたら、洒落《しゃれ》にならんぞ」

怪談のたぐいは信じないが、ふと思いだすと急に神経が過敏になることがある。そんなものはないと思っていても心地よくはない。

西日が障子を透かして物憂い光を投げている。涼子が天井を指さして、

「あれ、なにかな」

板張りの天井に赤黒い染みが点々とついている。

「ただの汚れさ。あまり神経質になるな」

「だって、せっかく旅行にきたのに。こんな汚いところじゃつまんない」

なんだか頭が痛いといって、涼子はこめかみを押さえた。

「疲れたんだろ。ちょっと休んでから風呂に入るといい」

雑誌の温泉特集とやらで、この旅館を見つけてきたのは涼子なのに、こちらがなだめ役になっている。文句をいいたいのはわたしだが、いまは彼女を刺激したくない。

涼子とつきあいはじめて、もう八年になる。

仕事の取引先で知りあった頃、涼子は二十四歳だった。わたしに妻と娘がいるのは知っていたから結婚を考える交際ではない。ゴールがないぶん、露骨なものを求めあう関係である。

人目を忍んでホテルで逢う日々が何年か続いた。そのあいだにわたしは昇進し、いくらか経済的なゆとりもできた。それを見越したように涼子は勤めを辞め、依存の度合いを深めていった。いつのまにか長すぎる月日がすぎ、婚期を逸するとまではいかないが、それに近い状況になっている。

このところ涼子には、ふたりの関係を周囲に匂わせる行動が目立ってきた。たとえば一緒に歩くとき、以前はそれとなく距離をおいていたのに、最近はべったり寄り添って隠そうとしない。

携帯電話以外に電話をするのは禁じているのに、わたしからの連絡がすこし途絶えると会社にかけてくる。しかもわたしが留守のときは、ろくに名乗らず電話を切っているようで、周囲から不審な眼で見られる。そうしたあれこれを咎《とが》めると、涼子は不満をあらわにする。

「これだけ長いことつきあっているのに、ばれるのがそんなに怖いの」

つまり涼子は意図的なので、すべてが公《おおやけ》になってもかまわない。あるいはそうしたいと考えているらしい。妻子ある男という割り切りが揺らいで、なかったはずのゴールを目指しているのか。

涼子のいらだちは理解できなくもないが、彼女との関係は妻子を含めた現在の生活があって成立している。どうなるにせよ、自然に決着が訪れるのを待つほかはない。

だが最近の涼子は決着を急いでいるのか、ときどき思いつめている気配がある。今回の旅行にしても、彼女の誘いはいつになく執拗《しつよう》だった。家族には出張と偽って応じたものの、なにか含みがありそうなのが不安だった。

畳で横になっているうちに、ずいぶん眠ったらしい。

あたりはすっかり暗くなっている。蛍光灯のスイッチを入れると、ぴんぴん音をたてて何度も点滅したあげくに、ようやく明るくなった。腕時計の針は、もう八時をまわった。まだ横になっている涼子の肩を揺すると、意外にも眼を開けていた。

「なんだ。起きてたのか」

「うん。お腹が減った」

「飯の前に風呂に入りたいな」

「あたしは、まだお風呂はいい」

「じゃあ飯にするか」

「晩ご飯って、ここで食べるんだよね」

「ふつうはそうさ。だいたい女将は、なんで声をかけないんだ」

「あたしたちが寝てたから？」

「そうかもな。帳場にいってみよう」

ふたりで部屋をでて廊下を歩いていくと、女将が皿を運んでいた。夕食はまだかと訊いたら女将はぽかんと口を開けて、

「あんたたち、まだ食べとらんのかね。ご飯の用意はできてます、ていうたやろ」

そんなことをいわれたおぼえはないし、客に対する態度ではない。涼子と顔を見あわせたが、腹が立つより呆《あき》れてなにもいえなかった。

「はよ、こっちおいで」

女将のあとをついていくと、大宴会場と書かれた木札を入口にさげた座敷があった。なかを覗くと、女将がいったとおり脚つきの膳がならび、五、六人の老人がもそもそ飯を喰っている。法事の帰りなのか、みな黒い着物姿で宿泊客の雰囲気ではない。

老人たちは箸を止めて、じろじろこっちを見る。居心地悪そうな涼子をうながして席についた。とりあえずビールを頼みたかったが、女将も従業員もいない。

涼子が帳場にいって瓶ビールを持ってきた。

「これ、ぜんぜん冷えてない」

「そんなの呑みたくないぞ」

「でも帳場にいたおじさんが、ビールはこれしかないって」

涼子が差しだしたビールをグラスで受けたら、泡が噴きこぼれた。ぬるいビールなど呑みたくないが、彼女のグラスにも注いで乾杯した。冷えていないせいで、むっとしたアルコールの匂いが鼻につく。

膳の上に並んでいる料理は川魚の洗いと塩焼、芋の煮つけに山菜のおひたし、あとは麩の味噌汁と漬物だった。川魚は山女《やまめ》のように見えるが、なまぐさいうえに小骨が多くて箸が進まない。涼子はすこし食べただけで箸を止めて、

「あたし、もういい」

「夜遅くなってから腹が減るぞ。漬物で飯だけ喰えばいいじゃないか」

涼子はしぶしぶうなずいて漬物に箸を伸ばした。

「あら、美味《おい》しい」

「どれ」

変哲もない白菜と胡瓜の糠漬だが、いい床を使っているようで旨い。漬物の小皿はすぐ空になった。ちょうど女将が地元の名産だという蕎麦《そば》を運んできた。

「お漬物、もうすこしいただけます？」

涼子がそういうと、女将は肉が段になった猪首をすくめて、

「なんで」

「いや、これ美味しいから」

「はあ、そげなこといわれたん、はじめてやわ」

女将は眼を丸くして漬物の皿をさげていったが、それきりもどってこない。待つうちに催促する気も失せて蕎麦を啜《すす》った。田舎ふうの太い麺《めん》はごわごわして喉越しが悪い。つゆもねっとり甘い。

「おまえを責めるわけじゃないが、ろくでもないところだな」

声をひそめていうと、涼子はふふんと嗤《わら》い、

「もう部屋にもどりましょ」

「それにしても腹が立つ。ひとことといってやろうかな」

「やめて。もっとひどい目に遭いそうだから」

部屋にもどると、いつのまにか床が延べてあった。どことなく黄ばんだ薄手の布団に、ちっぽけな蕎麦殻の枕が乗っている。

「うちで寝たほうが、ずっとましね」

返事をする気力もなく煙草を吸ったら、涼子が空気が悪いといって窓を開けた。冷たい夜風が網戸から吹いてきて、ほうほうと梟《ふくろう》のような鳴き声がした。

涼子は外を眺めていたが、急に悲鳴をあげて網戸から飛びのいた。黄色い翅《はね》をした大きな蛾が網戸に張りついている。ぽってり脂ぎって縞模様のある腹が毒々しい。わたしが網戸を蹴飛ばすと、蛾ははたりと落ちた。

「もう厭。ねえ、いまからどこかへいかない」

「どういう意味?」

「ここをでて、べつのところへいきましょうよ」

「べつのところって、くる途中にあった旅館か」

「ううん。このあたりの旅館はどうせ似たようなもんだわ。どこかよその町よ」

「この時間にバスはもうないぞ」

「タクシー呼べないかしら」

「そりゃ呼べないことはないだろうが、料金がいくらかかるかわからん。下手すりゃ、こんな山奥にくるまでに夜が明けちまうぞ」

「じゃあ、どうするの」

「おまえがそこまでいうなら、朝いちででよう」

「厭よ。それまで待てないわ」

「しょうがないだろ。わがままいうなよ」

涼子は眼を赤くしてうつむいた。その肩に手をまわして、

「風呂に入れば落ちつくさ」

「もうたくさん。ここのお風呂なんか入りたくない」

わたしは太い息を吐いて煙草に火をつけた。旅館も旅館だが、涼子も涼子だ。だだをこねて甘えているにせよ、たいがいで愛想がつきる。といって、ここでは揉《も》めたくない。

「ちょっと考えさせてくれ」

二本目の煙草を灰皿で揉み消し、布団に横たわった。こんな時間からべつの宿を探すのはうんざりするが、涼子に臍を曲げられたほうが厄介だ。

あきらめてタクシーを呼ぼうかと思ったら、急に涼子がのしかかってきた。まったくそんな気分ではないが、拒めばまた機嫌を損ねる。

おずおずと唇をあわせたら、涼子はもどかしげにジーンズを脱いで脚をからめてきた。古ぼけた旅館だけに物音が漏れそうだから、息を殺してあわただしく行為を終えた。

涼子は、わたしの胸に顔をうずめている。彼女の吐く息は熱く、汗ばんだ肌がべたべたして不快だが、押しのけるには理由がいる。

「風呂にいってくる」

「あたしもいく」

涼子はけろりとしていった。ここのお風呂なんか入りたくないといったばかりなのに、どういう風の吹きまわしなのか。なんにせよ、帰り支度をしなくてよさそうだから安堵《あんど》した。

ふたりは洗濯糊がききすぎてスルメのような浴衣に着替えた。

「こんな田舎だから混浴かもしれないぞ」

「ほかにひとがいたら厭よ。やっぱりあとでいく」

涼子はまだ上気した顔でいった。

風呂を探して廊下を歩いたが、館内の案内図は見あたらず、外湯があるのか内湯があるのかもわからない。さんざん迷ったあげく、裸電球が灯《とも》った渡り廊下を見つけた。吹きさらしで肌寒い渡り廊下を歩いていくと、褪せた暖簾に湯の文字があった。床がぬるぬるすべる脱衣所で裸になり、露で曇ったガラス戸を開けた。

湯気がたちこめる岩風呂は、にごり湯だから泉質は悪くなさそうだ。洗い場で軀を流して湯に浸《つ》かった。ここにきてから、はじめてくつろいだ気分になった。隣は女湯だが、誰もいないらしく湯の音は聞こえない。

湯船で軀を伸ばしているとガラス戸が開き、坊主頭の男がのっそり入ってきた。皺《しわ》深い顔は老人のようだが、筋骨はたくましい。涼子が帳場でビールをもらってきたのは、この男だろう。男は眼を細めて湯に浸かりながら、

「あんたたちあ、どこからきたと」

不意に話しかけてきた。わたしが街の名をいうと、

「ほう、えらい遠くからきたんやの。ここにくるのは何回目かいな」

「いや、はじめてですけど」

「ふうん。そうは見えんがの」

「あなたは、ここの旅館のかたですか」

「いちおう番頭やけど、人手が足りんけ小間使いみたいなもんよ」

番頭にしろ女将にしろ横柄な口の利きかただ。が、いいほうに解釈すれば、この地域

はそれがふつうなのかもしれない。

「ずいぶん歴史があるような雰囲気ですが、この温泉はいつ頃からあるんですか」

「だいぶ古いわ。寺やった頃からやけ、百年ちゃいわんやろう」

「ここは、お寺だったんですか」

「見たら、なんとなくわかろうもん。旅館にも山王寺て寺の字がついとる。ここの寺湯《てらゆ》が発展したけ、温泉町になった」

「だから山門みたいな入口や土塀があるんですね」

「そうよ。そのへんにゃ墓もようけ残っとる」

「そういえば部屋に御札がありましたが、あれもお寺のなごりですか」

訊かないでおくべきかと思いつつ、つい口にだした。

「御札ちゅうと――」

男はすこしのあいだ宙に眼を泳がせて、

「掛軸の裏のあれか。あんなもん、よう見つけたな。あれはただの魔除けじゃ」

「なんの魔除けでしょう」

男は眼を見開いて、じろりとこっちを見た。

「魔除けいうたら魔除けよ。あんまり効き目はないみたいやけど」

「効き目って、どういう意味ですか」

男はなぜか、それきり口をつぐんだ。

話題を変えて世間話をしても乗ってこない。なにか気に障ったのかもしれないが、この旅館はどうせこんな調子だ。お先に。男に軽く頭をさげて湯からあがった。

部屋にもどると涼子は布団に横座りして、天井を見あげていた。

「どうしたんだ」

「いま怖いことがあった」

蛍光灯の白々とした明かりが、青ざめた顔を照らしている。

「天井から、みしみし音がしたの。鼠《ねずみ》でもいるのかと思ったら、変なものが動いてた」

天井を見たが、赤黒い染みがあるだけで変わったところはない。

「なにが動いてたんだ」

「ひとの影」

「まさか」

涼子は急に立ちあがると、天井に眼を凝らして、

「これってチテンジョウじゃないかな」

「チテンジョウ?」

涼子は宙を指でなぞって血天井と書いた。

「血天井ってなんだい」

「昔、戦で負けたお侍が何十人も切腹して、血まみれになった床を天井板にしてるの」

「そんなものを、なんで天井に」

「供養のためよ。足で踏んじゃいけないから天井に使うんだって」

「やけにくわしいな」

「中学校の修学旅行のとき、京都のお寺で見たから。何百年も経ってるのに、赤い手形とか足形がはっきり見えて、すごく怖かった。この天井の染みって、あれにそっくり」

天井の染みは眼を凝らすと、手形や足形に見えなくもない。昔ここは寺だったと坊主頭がいったのを思いだして、背筋がひやりとした。が、いくらなんでも血痕のついた天井板を客室に使うはずがない。

「おまえが見たのは、京都の寺だろう」

「血天井を祀ったお寺は、ほかにもあるらしいの」

ここが寺だったとは口が裂けてもいえない。

「心配するな。御札を見たり怖い話を思いだしたりしたから、そう感じるんだ」

「でも我慢できない。早くここをでよう」

さっきはいったん落ちついたのに、またぶりかえした。

「お願い。あたしのいうこと聞いて」

「もう遅いぞ。いまからタクシー呼んでたら――」

「一生のお願い」

涼子の眼が酔ったように据わっている。この女は感情が昂《たかぶ》ると、いつもこの眼になる。

わたしがいちばん苦手な眼だ。だめなの、と涼子が訊いた。

「あたしがこれだけいっても、だめなの」

「気分が悪いのは旅館だけでたくさんだ。ここで喧嘩《けんか》したって、どうしようもないだろう」

「旅館のことなんて、どうだっていい。あなたがあたしのいうことを聞いてくれるかどうか、それが知りたいの」

涼子の眼がますます据わってきた。

「どうしたんだ、おまえ。ちょっとおかしいんじゃないか」

「いいから、あたしのいうこと聞いてッ」

涼子は金切り声をあげて、しゃがみこんだ。子どものように膝を抱えて洟を啜りあげている。しばらく息苦しい沈黙が続いた。どこかで虫がひび割れた鈴のような声で鳴いている。そのかぼそい響きに憂鬱《ゆううつ》さが増す。とにかく、とわたしはいった。

「おまえは疲れてるんだ。おれは起きて待ってるから、気分転換に風呂にいってこい。ここの湯は、けっこう悪くないぞ」

涼子は答えず布団にもぐりこんだ。掛け布団をかぶって荒い息をついている。

「おれはホテルにしようっていったのに、どうしてもここがいいっていったのは、おまえだぞ。おれだって我慢してるのに、なんなんだいったい」

涼子は布団をはねのけると顔を醜くゆがめて叫んだ。

「それは悪かったっていってるでしょッ」

「おい、でかい声だすな」

「こういうときくらい、なんでやさしくしてくれないの」

「おまえには、じゅうぶんやさしいつもりだけどな」

「嘘よ。だって奥さんとはいつも――」

涼子は涙をぽろぽろ流しながら口をつぐんだ。

「なんだって」

「なんでもない。もう寝れば」

これ以上いってはだめだと思ったが、頭のなかが火がついたように熱くなった。

「奥さんとは、どうしたって」

「毎朝、駅まで一緒に歩いてるじゃない。あたしだって――」

つい手がでて涼子の頰が鋭く鳴った。ときどき誰かがうちを覗いてると娘がいったのは、この女の仕業だったのだ。涼子は泣き腫《は》らした眼を吊りあげて、

「あたし、ずっと迷ってたのよ」

「なにを」

「こういうことしちゃいけないと思ったし、さっきまでそうするつもりじゃなかった。でも、もうだめ。これしか方法がないの」

涼子は布団の下を探って、光るものを取りだした。包丁の切っ先をむけられて思わず

あとずさった。やめろッ。うわずった声で叫んだが、涼子はものもいわずに突っこんできた。

あやういところでそれをかわして板の間へ駆けこんだ。とたんに足をすべらせて膝をついた。すかさず涼子がのしかかってきて背中に焼けるような痛みが走った。

「うわッ」

大きな叫び声で眼が覚めた。叫んだのが自分だと気づくのに何秒かかかった。胸が破れそうなほど鼓動が烈しく、腋《わき》の下を冷たい汗が流れている。恐る恐る隣の布団に眼をやると、常夜灯の明かりに涼子の寝顔が浮かんでいる。

わたしは安堵の息を吐いて半身を起こした。あんな夢を見たのは、やはり涼子を恐れているからだろう。この旅を最後にして、うまく別れる方法を考えねばならない。

枕元に置いた腕時計は午前二時をさしている。何時に寝たのか考えたが、どういうわけか思いだせない。風呂からもどって涼子と口論になったのは夢だった。そうでなければ、こうして枕をならべているはずがない。

けれども風呂からもどって、なにをしたのかがわからない。ということは、もっと前から夢だったのか。天井を見あげて考えていたら、涼子に包丁をむけられたときのおびえが蘇《よみがえ》った。思わず身震いしたら、すらりと襖が開いて女将と坊主頭の男が入ってきた。

女将は片手に提灯《ちょうちん》をさげ、坊主頭はなぜか僧衣を着ている。

「なんなんですか、いったいい」

わたしは声を荒らげた。女将が狐のような眼をさらに細めて、

「なんでか、わからんか」

「わかるもんか、でていってください」

ふたりは答えずに布団の前で膝を折った。坊主頭は数珠《じゅず》を揉みながら、低い声で経を唱えはじめた。わたしは溜息をついて、

「いままで黙ってたけど、この旅館はどうなってんだ。接客は最低だし、汚いうえに料理もまずい。おまけに勝手に客の部屋に入ってくる」

「おのれらの、なにが客なもんか。毎年この時期になると、しつこくきくさって」

なにをいっているのか、わけがわからない。が、厭な焦燥《しょうそう》が背筋を這いのぼってくる。

「誰が、ここにきたって――」

「誰も彼もない。おのれらに決まっとろうが」

「こんなろくでもない旅館にくるもんか」

「きとるじゃないか、いま」

女将は提灯を高くかざして天井を照らした。赤黒い染みがゆっくり動きはじめた。いや、動いているのではなく、なまなましい血の色に変わっていく。

「よう見ィ。これは血天井じゃ」

女将は涼子とおなじことをいう。坊主頭の読経の声が高くなった。

「死んだ侍の血が天井にあるなんて、つくづく縁起が悪い旅館だな」

そういったあとで、はっとした。涼子が血天井のことを口にしたのは現実なのか夢なのか。得体のしれない恐怖に、口のなかがカラカラに渇いていく。

「これは、ただの血天井やないわ。これがなんか知りたかったら、そこの女に訊いてみい」

「馬鹿げたことをいうな」

唾を呑みこもうとしたら、舌の付け根がずきんと痛んだ。

「おい、起きろ」

涼子の肩を揺すったが、返事はない。口を半開きにして眠っている。なおも肩を揺すったら、涼子の頭が枕から落ちた。その弾みで、枕の裂け目から蕎麦殻がざらざらこぼれでた。震える手で布団をめくったとたん、全身の毛が逆立った。

涼子の浴衣は、どす黒い血でぐっしょり濡れている。

「たいがいで成仏せいッ」

坊主頭が数珠を突きだして叫んだ。

「これは、おのれらが心中した板の間じゃ」

次の瞬間、天井がぐらりと回転して血まみれの床になった。

残り火

坂東眞砂子

細めに開いた窓から、白い湯気がするすると立ち昇っている。吐息のような湯気に混じり、ばしゃんばしゃんと水が床に流れる音が外に漏れてくる。

風呂《ふろ》の焚《た》き口《ぐち》にしゃがみこんだまま、私は薄暗くなった空を仰いだ。蒼《あお》ざめた空に一番星が瞬《またた》いている。黄色がかった明るい星は、手を伸ばせば届きそうなほど近くに見えた。

「おい、房江《ふさえ》。そこにおるか」

焦茶色の板壁に囲まれた風呂場から、夫の声がした。私は頭上の窓に目を遣《や》って、ゆっくりと答えた。

「はい、おりますで」

「お湯、まだぬるいわ。まっと焚いたれや」

朱色の電灯を映す磨《す》り硝子《ガラス》の向こうから、少し不機嫌な夫の声が響いた。

「はいはい」

風呂の焚き口を覗《のぞ》きこむと、薪《まき》は今、やっと燃えはじめたばかりだ。飴《あめ》色の木肌に小さな赤い炎が絡《から》みついている。

私は横に置いていた火吹き竹を取って、薪を組んで作った空気孔《あな》を崩さないように息を吹いた。薪にまとわりつく炎がめらめらと燃えあがり、朱色の光を放った。

ふーっ、ふーっ、ふーっ。

体内の空気を火の中に送りこむ。そのたびに火勢が上がり、焚き口の中が燦然《さんぜん》と輝く。まるで私の命の息吹《いぶき》を送りこんで、明るい光と変えているようだ。

「あーっ、沸いてきた、沸いてきた」

夫が満足気にいった。

「やっぱし房江の焚いてくれた風呂がいちばんや。ガスで沸かしよったら、水がちくちくしてあかん。あんな風呂に入っとったら、長生きでけへんわ」

「そうですなぁ」

私は適当なところで相槌《あいづち》を打ち、炭挟みで薪の位置を動かして、空気孔を広げる。この風呂はガス釜《がま》も使えるように改造してあるが、夫は直火《じかび》で焚いた風呂が好きだ。よほど急いでいる時以外は、ガス釜を使うことはない。

ざぶりっ。浴槽で夫が躰《からだ》をひっくり返したらしい音があがった。

きっと夫はいつものように首筋を浴槽の縁につけて、足を伸ばしていることだろう。湯に沈んだ茶渋色の躰は、腐りかけたバナナのように萎《しな》びている。長年、農作業で鍛えた躰も七十二歳という年齢には勝てはしない。弛《ゆる》んだ大腿《ふともも》、無数の横皺《よこじわ》のために蛇腹《じゃばら》に似てきた腹や首。骨ばった躰から、擦《す》り切れた皮膚が今にも剝《は》がれそうになっている。

夫の肉体は、私がこれから辿《たど》る老化の見本だ。十五歳年下の私は、夫の後を追うようにして老いていくことだろう。まだ脂肪が乗っている私の乳も腹も尻《しり》も大腿も、やがては夫のように萎びて縮んでくる。そして体力は衰え、どこに出かけるのも億劫《おっくう》になる……。

そんな先のことが頭に浮かぶのは、昼間の口論のせいだとわかっていた。いや、口論といえるものではない。いつもの通り、私が自分の希望をいい、夫が言下に否定した。ただ、それだけのことだった。

「だいたい文子《ふみこ》も文子や。亭主が仕事で忙しゅうしてんのに、自分だけ旅に出て遊ぼうちゅうとはなぁ」

夫の言葉にどきりとして、私は風呂場の窓を見上げた。長年連れ添っていると、夫が自分の考えを読んでいるのではないか、と思う時がある。

娘の文子の旅行こそ、たった今、私が思い出していた、昼間の諍《いさか》いの原因だった。

「文子もたまには息抜きしたいんやろ。隆一《りゅういち》や静香《しずか》かて、もう一人で留守番できる年なんやし」

私は平静を装って答えた。

「ふん。今頃《いまごろ》は張り切って旅行の準備をしてやるとこやろな、まったく……」

夫の最後の言葉は、湯を掻《か》き回す音に消されてしまった。

私は黙って薪を焚き口に放りこんだ。

文子が電話をかけてきたのは昨夜だった。夫はすでに蒲団《ふとん》に入って寝ており、私は風呂から出て、洗い髪を乾かしていた。白髪染めの取れかかった髪をタオルで拭《ふ》きながら、また美容院に行って染めてもらわないといけないと考えているところに、電話が鳴った。

「もしもし」と答えると、文子の声が耳に飛びこんできた。

「お母さん、沖縄、いかへん？」

私は面食らって「沖縄」と聞き返した。

「ほら、私、この前、商店街の春の福引セールで沖縄ペアご招待ゆうのん、当たったゆうたやろ」

「ああ、せやったな」

二週間ほど前、文子が興奮して電話をかけてきたことを思い出した。確か、夫の恒誠《つねまさ》と一緒に行くと嬉《うれ》しそうにいっていた。

「恒誠さんと行くんやなかったん」

「そのつもりやってんけど、明後日出発、ゆう段になって、急に仕事の都合がつかへんようなってしもてん。もう、かなわへんわ。せやけど、私まで旅行、止《や》めるんは腹立つし、かといって今さら、日にちも変えられへん。で、お母さんを誘うこと思いついてんや。なあ、一緒に行ってぇな」

「けど、うちかて、お父さんがおらはるよってなぁ……」

「お父さんかて子供やないんや。食べるもんさえあったら、三、四日くらい一人で家におれるやろ」

「そんな、あんた、猫みたいに簡単なもんやあらへんわ」といいながらも、沖縄という響きに私の心は騒いでいた。テレビや雑誌で見るだけの南の島。青い海と白い珊瑚礁《さんごしょう》。憧《あこが》れていた土地だった。

「行きたいなぁ」

思わずこぼれ出てきた言葉に、文子が飛びついた。

「決まりや。行こう、行こう」

段取りは、その場で簡単に決まった。出発は明後日の早朝だ。文子はすでに、夫と泊まるために、駅の近くのホテルを予約していたので、そこに私が行くことになった。一泊して、翌朝発《た》つ計画だった。

しかし、問題は夫だ。出無精の夫は、旅など三途《さんず》の川を渡る時だけで結構、と公言している人間だ。親戚《しんせき》の法事といった、どうしようもない時以外は、泊まりがけで遠くに出かけることを極端に嫌っている。妻は夫に従うもの、という考えの人間だから、私だけ旅行するという考えはまず頭に浮かんだことはない。いくら娘と一緒といっても、沖縄旅行に反対することは目に見えていた。

だから見切り発車のつもりで、夫に打ち明けるのは今日の昼まで待つことにした。もう切符も手配してある、文子もホテルで待っている、荷物もまとめた、といえば、夫は渋々ながらも承知するだろう。結婚して三十八年、旅行もせずに家に居て、夫や姑《しゅうとめ》の面倒をみてきた。そろそろ自由にしてくれてもいいはずだ。私だって、いろんなところに行って、珍しいものを見たり、食べたりしてみたい。真剣に、行きたい、といえば、夫も許してくれるのではないか。そう思っていた。

だが、甘かった。

「何、あほなこと、ゆうてんのや」

旅行の話を切り出した時の夫の返事はこれだった。

「わしを置いて、旅行なんぞに行けるわけ、ないやろ」

あきれた顔で、そういわれた。

私は抗弁しようと、口を開きかけた。たった三泊のことだ。一人で家にいられるだろう。農繁期に私が田圃《たんぼ》に出ている時は、自分で昼食を作って食べていたではないか。ずっと憧れていた沖縄だ。行かせてくれてもいいだろう。頭の中を、そんな言葉が渦となって駆け巡った。

だが、声にはならなかった。言葉は、私の喉許《のどもと》で押し戻され、胸の底に沈んでいった。

「そうですなぁ」

私は視線を落として呟《つぶや》いた。

夫の皺だらけの顔に、鷹揚《おうよう》な笑みが浮かんだ。親指のひと捻《ひね》りで蚤《のみ》を退治するように、妻の頭に巣くった悪い考えを素早く潰《つぶ》してやったことに満足していた。

いつものことだった。結婚生活で何度となく繰り返されてきた光景。あまりに重なり続けたので習慣になってしまった。

夫の意見に従うことが……。

「ああーっ、忘れられへん、忘れられへん
うち、どないしたら、ええんやろ」

夫の鼻唄《はなうた》が流れてくる。風呂場でこの演歌を口ずさむのは、夫の機嫌が直った証拠だ。

もう文子の旅行のことは頭から消えているのかもしれない。

最近、夫はもの忘れが激しくなっている。老化現象だと思う。記憶力が落ちただけでなく、感覚も鈍くなった。何を食べても、塩気が足らないと文句をいったりする。放っておくと、食べるものすべてに塩を振りかけるので、私は塩の瓶を隠すようにしていた。

だが、夫自身は、そんな自分の変化に気がついていない。少し体力は衰えたが、まだまだ元気だと自負している。今も毎日、畑仕事に出ていき、日暮れ時に好きな風呂に入り、晩酌を欠かさない。「年を取っても、人生、なかなか、ええもんやで」。友人や親戚にそう吹聴《ふいちょう》している。しかし、夫の快適な生活を陰で支えているのは私だ。

夫のために風呂を沸かし、食事を作り、身の周りの面倒を見る。それが私の人生。十五年先の老いの道を進む夫が倒れないように、その背中を押して私は歩む。

ざばあっ、ざばああああっ。夫が躰に湯をかけはじめた。首までしっかと湯船に浸《つ》からないと気がすまない夫は、湯を使うと必ず水でうめる。するとまた湯の温度が下がる。それがわかっているから、私はさらに薪を足すと、火吹き竹に息を送りこんだ。

空はもうどっぷりと暮れていた。山々の新緑も夜の帳《とばり》に隠されている。風呂場の向こうに覆いかぶさるひときわ黒い影は、母家の屋根だ。かつて義父母や子供たちで賑《にぎ》やかだった家も今は夫婦二人となって、ひっそりとしている。このがらんどうの家で、私は静かに衰えていく。

わりが合わない人生だな。

私はふと思った。

好きな時に旅行に行けたら、どんなに楽しいだろう……。

――お父さんのこと、気にしてたら、何もでけへんで。無視して、出てきたらええやんか。

昼過ぎ文子に電話をかけて、沖縄には行けないといった時、娘は怒ってそういった。

――いっつもお父さんの顔色、窺《うかが》ってからに。今の時代、お母さんくらいの年の人かて、家族なんたらほかしといて、海外でもどこでもばんばんいってやるで。

そうはいってもねぇ。私は心の中で呟いた。ずっとこんな生き方をしてきた。今さらどうやって変えたらいいか、わからない。何かできるとしたら、夫が死んでくれた後でしかない……。

ぱちっ。薪が爆《は》ぜた。私はびくっとして、焚き口を覗きこんだ。木が縦に深くひび割れていた。それが、私の心に開いた暗い亀裂《きれつ》のように思えた。

一瞬とはいえ、夫の死を願った。私は罪の意識にかられて、炭挟みで、裂けた薪を焚き口の奥に押し遣った。ぼうぼうと燃え盛る炎が、私の顔を炙《あぶ》る。焚き口の周辺は、朱色に染まっていた。

風呂場からは、手拭《てぬぐ》いを絞る音が聞こえている。躰を洗い終わったのだろう。ざばん、と水の撥《は》ねる音がして、再び夫が湯船に浸かったのがわかった。

案の定、すぐに水道の水が迸《ほとばし》りでる音が聞こえてきた。空気の流れをよくするように、さらに炭挟みで薪を動かす。

「冷《ひ》ようないですか」

あまり水音が続くので、私は聞いた。

「いや、わしゃ、これくらいがぼっちりや。ぬる湯にじっくり入るんが好きなんや。子供ん時、熱い湯が好きやった親父に、我慢せぇ、と怒鳴られながら、風呂に入ったもんで、その反動かもしれへんなぁ」

私は、へえ、と答えた。舅《しゅうと》のことを思い出して、火明かりの中で顔をしかめていた。

舅こそ、私の結婚生活の最初で最大の躓《つまず》きの原因だった。村の大地主の一人息子としてちやほやされて育ったために、舅は傲慢《ごうまん》でわがままな男だった。浅黒い躰に、四角い顔。鼠《ねずみ》のような丸い目で睨《にら》みをきかし、家人が自分の気に障ることをいったりしたりすると、容赦なく怒りをぶちまけた。

姑は、そんな舅の機嫌を損ねないように、びくびくして生きていた。食事の用意が遅れたとか、帰った時、好きな風呂が沸いてなかったりすると、舅は妻を怒鳴りつけた。そのたびに姑は小柄な躰をますます縮め、ごきぶりのように床に這《は》いつくばって謝っていた。

舅が、家族の中で一目置いていたのは、跡取り息子で、自分と風貌《ふうぼう》のよく似た夫の秀一だけだった。夫の姉も、当時同居していた弟妹たちも、自分の妻ですら、一段も二段も下の人間だとみなしていた。嫁の私なぞは、さらにその下、馬や牛と同じに思っていたはずだ。料理に洗濯、農作業や夜なべ仕事もこなす下女。家で、最も立場の低い存在。それを思い知らされるのが、風呂の順番だった。

貧しい農家だった私の家では、父が最初に入るとはいえ、後の者は手の空《す》いた順に入浴していた。だが、この家では、風呂に入る順番は厳然として定まっていた。最初が舅、次が夫。そして義弟、姑、義妹と続いて、最後が私。毎日、煤《すす》にまみれて風呂を沸かすのは私なのに、湯に入るのは一番最後。夜遅く、一家の者の垢《あか》の浮いた湯に浸かって、情けなくなった。

こんなはずではなかった。私は、湯桶《ゆおけ》で垢を掬《すく》い取りながら、思ったものだ。同じ村の私を見初《みそ》めて、結婚を申しこんできた時の秀一はすでに三十四歳で、一人前の男の落ち着きが感じられた。この人なら、私を幸せにしてくれると信じたのだ。だが、大人に見えた秀一は、父親を前にすると何もいえなくなる弱虫だった。舅にこき使われる私を、そっと横目で見ているだけだ。姑も義弟妹も、やはり舅を恐れていた。家の中で、私を助けてくれる者は誰もいなかった。

今、思うと、舅が生きていた頃の私の生活は、夢も希望もなかった。よく、我慢したものだと思う。

「お義父《とう》さん、短気な人やはったしなぁ」

舅のことがぽろりと口をついて出た。風呂場の中から、夫が相槌を打った。

「せやせや。ほんま親父《おやじ》は、しょうもないことにもいちいちつっかかる性分やったな。わしが三十四になるまで結婚せぇへんかったんも、連れていく女、連れていく女、なんかしら親父の気にいらへんかったからや」

私は皮肉な笑いを浮かべた。

「ほな、私は気にいってくれはったんですか」

「せやで、房江。おまえを見た時、親父は、今度の娘は逃がしたらあかんで。おとなしゆうて、よう気がつく、ええ娘《こ》や、てゆうてな、はじめて誉《ほ》めてくれたんやで」

ほんなら、どうして私を追いだしたんや。

心の中でそう呟いて、私はじっと火を睨みつけた。ぱちぱちと音をたてて、朱色の炎が燃えている。それは、舅のことを思い出すたびに、私の覚える怒りに似ていた。揺れる火の動きを見つめるうちに、あの日の屈辱が蘇《よみがえ》ってきて、私の躰が熱くなった。

あれは結婚して一年目の冬だった。当時、夫は麻雀《マージャン》に凝《こ》って、ちょくちょく家を空けるようになっていた。その夜も夫は不在で、私と姑は改築前の家の囲炉裏端《いろりばた》で繕い物をしていた。隣では、ひと風呂浴びた舅が、訪ねてきた近所の男と酒を呑《の》んで話していた。

「あんたんとこの秀一さん、今晩はおらんのかいな」

近所の男が舅に聞いた。舅は茶碗酒《ちゃわんざけ》をがぶりと呑んで、また麻雀屋だ、と答えた。近所の男が私に顔を向けた。

「こんな若い嫁さんを放って、麻雀屋に行かはったんか」

私はこくりと頷《うなず》いた。実際、父親のいいなりになってばかりの夫でも、いないと心細かった。近所の男は、そんな私の心情を察したのだろう、優しい口調でつけ加えた。

「今度、秀一さんに会《お》うたらゆうといたるわ。たまにゃ、若奥さんと一緒に遊んだらんと、愛想尽かされて逃げられるでぇ、てな」

私が微笑《ほほえ》んだ時、舅の声が割って入った。

「亭主は、嬶《かか》あに鼻の下なんぞ、伸ばさんでもええわ」

舅は酒に濡《ぬ》れた口許を手の甲で拭《ぬぐ》って続けた。

「男は外で遊びゃあええ。それが、ええ経験になる。わしも若い頃は、女房、放ったらかして、色々遊んだわ。そら、酒から賭事《かけごと》から、女から……。のう、玉尾《たまお》」

話を向けられ、姑は上目遣いに素早く舅を見返した。その瞳《ひとみ》に憎悪の色が横切ったのを私は見逃さなかった。しかし、すぐに姑の瞳は濁った池のように光を失った。

「そうですなぁ」

姑はのったりと答えた。問われてから答えるまで、皮膚の弛みはじめた手は動きを止めずに繕い物を続けていた。

私もこうなるのだ、と思った。

夫の浮気すらも、妻の務めのひとつとして、受け止めるようになる。そして感覚も感情も鈍くなり、囲炉裏端で年老いていく。

舅は、今度はその黒光りする顔を、私に向けた。

「亭主の遊びは、機嫌よう許したらな、な。女遊びも男の甲斐性《かいしょう》。房江もそのへん、ようわかったぁるやろ」

私はごくりと唾《つば》を呑みこんだ。今、思うと、どうしてあんな気力が湧《わ》いたのか、わからない。気がつくと、私は答えていた。

「そんなん、嫌ですわ」

舅の顔の眉《まゆ》が一文字になった。次の瞬間、耳許に痛みが走った。舅が口をへの字に結んで、拳《こぶし》を振りあげていた。あっ、と思う間もなく、また頭を殴られた。

「なんや、その口のきき方はっ」

舅は私の髪を引きずって、土間から外に蹴《け》りだした。姑や隣家の男が止めに入るが、舅は聞きはしない。私は冬の庭に放りだされた。

「そこで頭、冷やせえっ」

舅が怒鳴った。

私は唇を嚙《か》みしめた。口の中が切れて、血の味がした。全身、怒りに震えていた。

「ええわっ、そんなにゆうんやったら、私、出てきますっ」

捨て台詞《ぜりふ》を残すと、素足のまま家を飛び出して夜道を歩きだした。誰も追いかけてもこなかった。

冬の道はやけに暗く見えた。切り株だらけの田圃の中に、黒々とした道がまっすぐに伸びていた。ぺたぺたぺた。素足が土を踏む音が寂しげに響く。寒い夜に、着たきり雀《すずめ》で、素足のまま家を追い出された。悔しくて、情けなくてたまらなかった。

もう二度と、あんな家に戻ってやるものか。私は心の中で、何度もそう誓っていた。

その晩は、叔父の家に厄介になって、翌日お金を借りて、朝一番のバスに乗りこんだ。あてなぞなかったが、赤いボンネットバスに揺られているうちに、温泉に行こうと思いついた。

きれいな湯に入るのだ。誰の垢も浮かんでない、温かく透明な湯に入るのだ。そして躰の汚れを洗い流そう。

私はバスを乗りついで、以前、親戚が湯治《とうじ》に行ったと話していた、奈良の山奥の温泉に行った。一軒宿の小さな温泉で、客はほとんどいなかった。冬の寒い時期、雪をおしてまで、その辺鄙《へんぴ》な温泉を訪れる客は少なかった。私は薄い蒲団と自炊道具を借りて、温泉宿に滞在することになった。

十日くらいの滞在中、何度、風呂に入っただろう。檜《ひのき》で作られた古い湯屋の中で、私はこんこんと湧きでる温泉に浸かり続けた。風呂から出て躰を洗い、また入る。のぼせて倒れたこともあった。しかし私は執拗《しつよう》に風呂に入った。湯に入ることで、古い自分を洗い流したかったのだ。

その日も私は湯船に浸かっていた。十畳ほどの女湯には、他には誰もいなかった。板壁は湿気でじっとりと濡れ、生温かい湯気が湯屋に充満していた。

窓から、茜《あかね》色に染まった山が見えた。葉を落とした木々が、うっすらと雪化粧をした禿《は》げ山を覆っている。生命が死に絶えたような光景は、婚家での私の生活を思わせた。不機嫌でわがままな舅の機嫌をとって、身を粉にして働く毎日。

もう、たくさんだ。私はまだ二十歳だ。若いのだ。やり直せるはずだ。町に出て働こう。私を縛るものは、何もない。離婚すればいいだけだ。舅は、私が頼まなくても離縁に賛成だろう。夫も、父親のいうことに逆らえはしない。さっさと離縁状を書いてくれるだろう……。

そこまで考えて、不意に気持ちの高揚が萎《な》えていった。

夫は、今回のことをどう思っているだろうか。麻雀屋から帰ると、妻が家出していたら。舅と一緒になって、私を罵《ののし》っただろうか、それとも、私のことを心配してくれているだろうか。

私は湯船の縁に頭をのせて、躰を伸ばした。ぱしゃん。飛沫《しぶき》が静かな湯面に弾《はじ》けた。

考えてみれば、夫は優しかった。夜、寝る前、私が泣いていると、黙って強く抱いてくれた。農作業の時、私が疲れた様子をすると、そっと連れだして舅の目を盗んで木陰で休ませてくれた。あの人はあの人なりに、舅から私を守ろうとしてくれたのだ。ただ、ほんの少し勇気が足りなかっただけだ。

湯治客が自炊する夕餉《ゆうげ》の煙が、窓の向こうに見える。煙はゆらゆらと雪化粧をした山の彼方に流れていく。

夫は今頃、家で夕食を食べているのだろうか。私のいない囲炉裏端で黙々と飯をかきこんでいるだろうか。気まずい沈黙の中で、箸《はし》を口に運ぶ夫の顔が頭に浮かぶ。

農作業に出れば出たで、村の者に、嫁に逃げられた男、と陰口を叩《たた》かれる。離婚すれば、その言葉は夫の背中に貼《は》りついてしまう。嫁一人、満足させられなかった男、と。

あの人のせいじゃないのに。舅のせいなのに。

私は両手に顔を埋《うず》めた。

ゆるしてや。私のわがままを……。

心の中で叫んだ時だった。

背中のほうで湯が波立ったのを感じた。背は浴槽の縁につけている。後ろに誰もいるはずはないのに、おかしいな、と思ったとたん、両脇腹《わきばら》のあたりを何かが通りすぎた。そして私は、背後から胴を抱きしめられた。温かな、大きな掌《てのひら》の感触を覚えた。

全身が硬直した。

私は顔を覆っていた両手を放した。湯の面に顔が見えた。青ざめた私自身の顔と、その後ろのもうひとつの顔。

水面に揺れる顔はぼんやりしているが、その輪郭で誰かわかった。夫だった。四角い顔に小さな丸い目が見えた。疲れたような顔をしていた。

——戻ってこい……房江……。

耳許で微《かす》かな声が聞こえたと思うと、私を抱いていた手がすうっと湯に溶けた。同時に、水面の顔も消えてしまった。

私は呆然《ぼうぜん》として、あたりを見回した。湯屋には、やはり誰もいなかった。私の背後は湯船の縁、そして板壁が続いている。

だが、確かに夫はここにいたのだ。私の躰を抱いて、戻ってこい、と囁《ささや》いたのだ。

私の目に涙が滲《にじ》んできた。舅の問題なぞ、どうでもいいことではなかったのか。大切なのは、夫と私のことだ。そして夫は、私を必要としている。

私は風呂から上がると、次の朝、温泉宿を後にした。

家に帰ったとたん、舅の死を知らされた。脳溢血《のういっけつ》で倒れたということだった。舅の死とともに、家の者は皆、私に優しくなったようだった。誰も私の家出を非難しなかったし、夫は「よう戻ってきた、よう戻ってきた」と泣きそうな顔で何度もいった。戻ってきてよかった。舅は死んだのだ。もう私を苦しめる者はいなくなった。神様は、ちゃんと見てくれてはる。

私は、父親の死に打ちのめされている夫を眺めながら思った。

あの時、湯屋で起きたことは、夫にもいったことはない。いっても、誰も信じないだろう。夫の生霊《いきりょう》が現れたなぞということは。

その後、長い結婚生活の間、いろんなことがあった。離婚したいと思ったこともある。だが、そのたびに、私はあの温泉での出来事を思い出した。

夫の温かな手と、「戻ってこい、房江」という声を……。

そして私は腹立ちを呑みこんで、この家に踏み止《とど》まってきた。

ぱしゃん。水音があがり、私は現実に引き戻された。

いつか水道の水は止められ、あたりは静かになっていた。夫が湯船で手拭いを使う音が聞こえていた。焚き口の火勢は少し弱まり、白い煙が流れてくる。

「親父が脳溢血でばったり倒れたんは、熱湯《あつゆ》好きが祟《たた》ったんやろなぁ」

夫は、まだ舅のことを話していた。

「年寄りに熱い風呂はようないですもんな」

私は冷やかに答えた。

「それにしても父親が倒れた時には、往生したわ」

夫が湯船の中で伸びをしたのだろう、水が床に零《こぼ》れる音がした。

「お袋は、危篤《きとく》の親父の横で泣くばっかしやし、弟も妹もおろおろして何の役にも立たへん。知らせを聞いて、わしが麻雀屋から戻ってくるまで、一晩中そんな調子やったらしゅうてな」

「一晩中？」

薪の香りのする煙にむせながら、私は聞き返した。

「あんた……その時、朝まで麻雀屋にいてはったんか」

一瞬、沈黙があった。それから照れたような夫の声が聞こえた。

「あん時は麻雀屋の酌婦しとった女と仲良うなっとって。家に帰さへん、ゆうて絡まれたもんでなぁ」

私はしゃがんだまま、風呂場の窓を見上げた。細めに開いた窓の向こうから、相変わらず白い湯気が出ている。湯気に混じって、笑いを含んだ夫の声が続いた。

「もう、とんと昔の話やがな。まあ、女遊びも男の甲斐性。死んだ親父も、ようそんなことゆうたわ」

女遊びも男の甲斐性。私が家出をすることになった晩、舅も同じことをいっていた。

胸の奥で、嫌な気分が湧きあがってくる。

「親父かて若い頃はよう遊んだらしいわな。せやけど、絶対、遊びを家には持ちこまへんかった。女房は大事や、ゆうことはちゃんとわかってたわ。おまんを家から追い出した時かて、心の中じゃ思い悩んでたんやさかいな」

「嘘《うそ》やわ」

私は鋭くいい返した。

「嘘やないて。死ぬ前に意識、取り戻した時に、おまんのこと、うわごとにゆうとったんやさかい」

「私のこと？」

「せや。なんやら、急に蒲団から両手を出してな、誰かを捕まえるみたいに宙に腕を伸ばして、弱々しい声でこうゆうたわ。戻ってこい、房江、て」

「戻ってこい……房江？」

私は呟いた。その言葉が脳裏に禍々《まがまが》しく反響した。

「あれが親父の最後の言葉やったなぁ」

夫がため息とともにいった。

私は息が詰まりそうになった。

なぜ今まで、その可能性を考えなかったのだろう。湯船の中で私を捕まえた男。あれは夫ではなく、舅だったのだ。

なのに私は、あの声を夫だと信じて生きてきた。「戻ってこい、房江」。その言葉を心の拠《よ》り所として生きてきた。だが、すべて思い違いだったのだ。

唇が震えた。泣きたいのか怒りたいのか、自分でもわからなかった。しばらく気持ちを落ち着けるために、大きく呼吸をしていた。やがて私は風呂場の板壁の向こうにいる夫を睨みつけるようにして聞いた。

「……ほな、あんた、あん時、私のこと忘れて、麻雀屋の女といちゃついとったんか」

返事はなかった。水音ひとつしない。

私はそれでも夫が答えるのを待っていた。返ってくる言葉は「そうだ」以外ないだろう。それが事実だったのだから。しかし、夫の口から、それを聞きたかった。

「なあ、どうなんや」

もう一度聞いた。

やはり返事はない。私は焚き口の前から立ちあがると、開いた窓に近づいていった。ごおおっ、ごおおっ。窓の中から、低い鼾《いびき》が漏れてきた。眠っているのだ。私の問いに答えもしないで。

憤《いきどお》りに躰を熱くさせて、私は爪先《つまさき》立って窓から風呂場を覗いた。

湯船に四肢を弛緩《しかん》させて、夫の萎びた躰が横たわっていた。水面に、四角く黒い顔だけぽっかりと浮いている。舅の顔そっくりだった。むっつりと下がった唇の両端。目の横の皺。小鼻のすぼみ具合まで、年老いた夫の顔は舅とうりふたつになっていた。外見だけではない。内部から滲みでるものすべて、夫は舅を思い出させた。私をこき使い、この家に君臨していたあの舅と……。

私はゆっくりと窓辺から離れた。

頭の中が冴《さ》え冴《ざ》えとしていた。すべてのことが恐ろしいほど明確に思えた。

死ぬ間際、舅の霊魂が湯治場に現れたのは、私を気にいっていたからではない。自分そっくりの息子のためだったのだ。一生、姑のように従順に仕えてくれる嫁の手に、息子を委《ゆだ》ねて逝《い》きたかったからだ。ひょっとしたら、そうすることによって、彼は息子の中で生き続けようとしたのかもしれない。自分の人生にあまりに満足したから、もう一度、同じ人生を息子と共に果たそうとしたのかもしれない。

そして、おめでたくも私は戻ってきた。夫に仕えるために。舅と同じ価値観、舅と同じ性格を底に潜ませていた夫の生活を支えるために。

私はこの四十年近く、あれほど嫌いだった舅の世話をしていたようなものなのだ。

ごおおおっ、ごおおおっ。鼾の音はさらに大きくなっている。

私は力が抜けて、再び焚き口の前にしゃがみこんだ。

薪は燃え尽きようとしていた。それでも白い灰となった薪の下で、ちろちろと赤い火が燃えている。灰になってまでも、執拗に燃え続ける残り火に、私はしばらく見惚《みと》れていた。やがて、躰を起こすと、焚き口の横にあるガス釜のためのスイッチをひねった。

ぼうっ、と地鳴りのような音があがり、点火した。私は火力を中火にセットすると、庭を横切って、母家に戻った。

家の中は真っ暗だ。廊下や茶の間の電気をつけながら、寝室に入った。寝室の押入れには、今朝、荷作りした旅行バッグと、旅行用に見繕った服が置かれている。

——今日になって行けへんゆわれたって、困るわ。とにかく私、ホテルで待ってるから、来てや。

文子に断りの電話をかけた時、怒った声でそういわれた。

時計を見ると、八時二十分。駅までの最終バスは、八時三十五分。まだ間に合う。

私は、着ていた服を脱ぐと、旅行のために出していた軽快なツーピースに着替えた。

そしてバッグを持って家を出た。

玄関の戸を閉める時、庭の向こうの風呂場が目に入った。まだ鼾をかいて眠りこけている夫の姿が頭に浮かびそうになるのを、慌てて押し留《とど》めて、私は風呂場に背を向けた。

家の門の前はすぐに道路だ。私はバスの停留所に向かって、道路の縁を歩きだした。

この夏、履こうと買っておいたサンダルが、かつかつと小気味よい音をたてる。

目の前には、暗い夜道が伸びていた。水田からは、蛙の声が聞こえてくる。バスの停留所に向かって歩きながら、舅に追いだされて、同じこの道を歩いた三十七年前の夜を思い出した。

あの時の私と、今の私は同じことをしている。あの頃の私には、若さがあり、今の私は年老いている。だけど私はもう裸足《はだし》ではない。サンダルを履いているし、旅行バッグもお金も人生経験もある。あの時、結局できなかったことを、今ならできると思う。

黒い道標のような停留所に着いた。バスを待つ人は誰もいない。私は寂しい路傍に立って、もう一度、家を振り返った。

風呂場の窓に赤い光が見えた。電灯の下で、夫はまだ眠りこけているはずだ。最近は風呂場で居眠りをはじめると、私が起こすまで目覚めることはない。皮膚感覚が鈍くなっているためだ。

だけど今夜、夫を起こす者は誰もいない。夫は眠り続けるだろう。皮膚が赤くなり、火傷《やけど》がじわじわと広がっていくまで。躰が茹《ゆ》で肉のように爛《ただ》れていくまで……。

夫にまだ生きる力があれば目を覚ますだろうし、気がつかなければ死ぬだろう。それとも舅が起こしに来るだろうか。両腕で抱きしめて、耳許で息子の名を呼ぶだろうか。息子のことが心配なら、死んだ舅がそうすればいい。私はもうたくさんだ。

暗い道の彼方から、唸《うな》るようなエンジン音が届いてきた。向こうの曲がり角に二つの明かりが現れた。

私は停留所の横に立ち、近づいてくる光に目を細めた。

今、最終バスが来ようとしていた。

封印された旧館

小池壮彦

ある結婚披露宴の会場で、学生時代の友人だった張本と久しぶりに会った。彼は高校の教師をしている。歓談する中で「不思議な体験をした教え子がいる」という話になった。

「……なんていうかなァ。基本的にはホテルの話なんだけど、それだけではないんだ」

だいぶ前に高校を卒業した女の子が、大学時代のアルバイト先で奇怪な体験をした。一口に話せることではないらしく、本人の口から聞くのがいい、と張本は言った。

後日電話があり、教え子と連絡がついたとのこと。別に話すのはかまわないと言っているというので、夕方に新宿駅で待ち合わせした。

教え子は真子といって、おっとりしたタイプの女性だった。駅前の雑踏を離れ、新宿センタービルへ向かう。夜景を見ながら人の話を聞くのはおつなものだが、あいにくその日は冷たい雨模様で、高層ビルの窓の外には、霞がかった夜陰が広がるだけだった。

「大学二年の夏休みのことなんですけど……」

食事をしながら、話が本題に入った。真子は淡々とした口調で語りはじめた。

「あるホテルでアルバイトをしたんです。期間は二週間ぐらいでしたけど、あのときのことは、いまでも忘れられません……」

＊

山と高原の広がる風光明媚な温泉地のホテルで、真子はフロントの仕事を任された。アルバイトを始めてしばらくした頃、観光用のパンフレットを持ったお客さんが訪れた。

「この滝は、どこにあるのでしょうか」

パンフレットに、滝の写真が載っている。しかし真子は、それがどこにあるのか知らなかった。ホテルの社員に事情を告げると、

「ああ、この滝ね、これはもう行けないですよ」

滝の写真が載っているのは古いパンフレットで、いまは発行されていないものだという。

「以前は、その滝があるところまで行けたんです。だけど、山は道も険しいし、何かと不便だったり危険だったりするでしょう。だからもう行けなくなったんですよ」

ふうん、そうなんだ、と真子はうなずき、言われたとおりにお客さんに説明した。

そんなことがあってから、真子はなんとなく疑問に思ったことを社員に聞いた。

「昔は滝まで行けたということは、そっちに泊まれる場所もあったんですか」

「そうだよ。もう閉鎖されたけど、うちのホテルの旧館があったんだ」

「道が険しくて危ないのに？」

「別に旧館が危ないところに建っていたわけじゃないからね。でもお年寄りの方がいらっしゃると、高山病にやられたりすることがあるんで、あんまり上まで行かないほうがいいんですよ」

そういえば、真子がアルバイトを始めた直後にも、おばあさんのお客さんが一人、高山病で倒れた。その後に亡くなったと聞いている。

「昔はそういう方の御遺体を旧館に安置したんです。まだ道も不便だった時代には、山の上まではすぐに車が来られなかったからね」

「へえ、そんなことがあったんですか。昔は大変だったんだな。その旧館というのは、もう壊しちゃったんですか？」

「いや、まだあるよ。山の上に。……あの、このことは、人には言わないでね」

「何をですか？」

「……だからその、旧館が、まだあるっていう話」

その日の夜、真子とアルバイト仲間の男女三人は、ホテルの旧館の話で盛り上がった。幻の館の存在は、まったくと言っていいほど、人に知られていないらしい。

「なんでそんな建物がいまでも残っているのかな」

「行ったら怒られる？」

「別に行くなとは言ってなかったけど……」

昼間の話によれば、昔は死んだ人をそこに運んだ。

人知れず建つ旧館に安置された死体。ちょっとしたお化け屋敷かもしれない。

「せっかくだから肝だめしに出向いてみようか」

翌日の昼、四人は仕事の休みを利用して山登りを決行した。ちょうどお盆の季節であった。砂利道がずっと続いていて、かなりの道のりがあったけれど、歩くうちにすがすがしい水の落ちる音が聞こえてきた。目の前に滝が姿を現した。

「あれだな……」

古いパンフレットに載っていた写真と同じ滝だった。近くに古ぼけた建物も見える。

ホテルの旧館は、長年使っていないだけあって、ずいぶん荒れていた。ガラスの散った廊下を進んで、適当な部屋に入ってみる。窓を開けると、正面に滝が見えた。

「豪快な景色だぜェ」

ひとしきりはしゃいだのち、記念に一枚、滝の写真を撮った。

「何かしらこれ？」

床の間に掛け軸がある。何か書いてある。

真子は、声に出して読んでみた。

〈ここでは　たくさんの人が　亡くなっています　これ以上　先に行っては　いけません〉

筆文字である。「これ以上先」という意味がよくわからない。

「あんまり上まで行くと高山病になるから、やめときなさいってことだろう」

たぶんそんなところだという判断で落ちついた。とりたてて気にすることもなく、それからまた四人は部屋の中の冷蔵庫をひっくりかえしたりして、はしゃぎまくった。若気の至りというもので、ひととおりの家具を破壊しつくすなど、さんざん体力を使った。一休みするうちに、日も暮れる頃になったので、旧館を出て山を下りたのであった。

翌日の午後、真子は親子連れのお客さんの相手をしていた。

ホテル内には、たくさんのめずらしい装飾品がある。その意味や由来などを、お客さんといっしょに歩きながら説明していく。

母親と四歳くらいの女の子が、真子のあとからついてくる。可愛らしい子なのだが、歯ならびの矯正中で、口の中に器具を入れていた。

「ねえ、どうして案内のおねえちゃん、二人もいるの？」

ふいに言い、母親の手をつかんでゆさぶる。

「ねえどうして？　どうしてなの？　どうしておねえちゃん、二人もいるの？」

そんなこと言うのやめなさい！　怒鳴り声とともに母親は娘の頭をはたいた。その勢いが激しかったので、真子はギョッとした。母親は青ざめていた。女の子は無表情である。気まずい間があったが、気をとりなおして、案内人の役目を続けた。

もうすぐ部屋までたどりつくというとき、ふりかえると、お客の母子がいない。すぐうしろで説明を聞いていたはずなのにと首をかしげつつ、廊下を戻ってみると、

「へえ、こんな花が山の上に咲いているのねえ……」

少し離れたところから声が聞こえる。

母子はまったく別の方向に廊下を歩いていた。ときおり立ち止まっては、うなずいたりしている。誰かの説明でも受けているように相槌《あいづち》を打っている。

真子が声をかけると、母親が笑いながらふりむいた。

「ほら、おねえちゃんのお話、ちゃんと聞きましょう」

うん、と娘はうなずく。

不自然な様子もなく何事もなかったように、親子は真子のあとをついてきた。

案内を終えて、フロントに戻った真子は、さっきのいきさつを社員に話した。

「あのお客さん、ちょっと変だったんですけど……」

「何があったの？」

「まるで私のほかに、もう一人誰かがいるみたいなこと言ったり、いつのまにか違う方向に勝手に行っちゃったり。それにあのおかあさん、すごい勢いで女の子のこと叩くし」

話しながら、妙な雰囲気だな、と真子は感じた。

社員たちの様子がおかしい。

「あなた、どこのお客様をご案内したの？」

母子連れのお客さんだと答えると、「どこの部屋に？」とさらに聞かれた。

「どこって……お泊りの部屋へ……」

「その部屋に、どんなお客様をご案内したの？」

なんでそんなことを聞かれるのかわからなかったが、真子は、母親の様子やら、娘の格好やらを細かく説明した。女の子は髪を肩ぐらいまで伸ばして、前髪をそろえていた。ピアノの発表会のときの衣装のような、フリルのついたスカートをはいていた。

「ほら、歯を矯正している女の子ですけど」

そんなお客はいない、と社員たちは口をそろえた。

「いない？　でもいま案内してきたんですよ」

「だけどいないんだよ。あの部屋は、確かに家族連れのお客様がご予約になったけど、そんな女の子はいないし、そんなおかあさんもいないよ」

念のために確かめてみると、さっき母子を案内した部屋に泊まっている客は、年齢も家族構成も、まったく違っていた。社員の言うとおり、女の子はいなかった。そんなはずはないと思ったが、さっきの母子がホテルにいないのは事実であった。

翌日の午後、新しいお客さんが来ることになっていた。お出迎えのときは、社員もアルバイトもエレベーターの前にならんで待機する。「いらっしゃいませ」と言いながら、そろってお辞儀する。そのタイミングに、真子もようやく慣れてきていた。

エレベーターのドアが開き、みんなといっしょにお辞儀する。四秒数えて頭を上げると、見覚えのある服を着た女の子が、おかあさんに手をひかれていた。真子を見上げて、にっ、と笑う。歯ならびを矯正する器具が光った。

昨日の母子――。

「あのときのことは、いまでもはっきり覚えています。女の子が、ニィーって口を横にひっぱる感じで笑って、私のほうを見たんです。歯ならびが、キラッて光って」（真子の証言）

その場にいた社員たちも、一斉に凍りついた。昨日、真子の口から、いるはずのない母子の背格好や服装について、詳しく聞いていたからである。

気分が悪くなった真子は、母子の案内をほかの人に任せて、休ませてもらった。

数日後、宿泊客のおばあさんが、浴場で倒れているのが見つかった。そのまま息をひきとった。その後、真子といっしょにアルバイトしていた男の子が、軽い高山病にかかった。一足先に仕事を辞めて帰宅したが、彼は家に着くことができなかった。

「あいつ、死んだってよ……」

ホテルにいる真子たちにも、知らせはすぐに入った。彼は帰る途中に工事現場を歩いていたとき、上から落ちてきた工具が頭を直撃して死んだというのである。

＊

「それからは何事もなく、アルバイトを終えたんです。短い間に、ずいぶん人が亡くなる場面に出遭ったなという気がしますけど、家に帰ってからは何もなくて……。ちょうど一ヶ月ぐらいたったときだったかな、電話がかかってきたんです」

アルバイト仲間だった沙織から電話があった。

「話したいことがあるのよ。あのときの仲間にしかわからないことなの」

例の旧館で撮影した滝の写真のことだという。

「考えたんだけど、やっぱり真子たちに相談しようと思って」

写真を撮ったのは沙織である。詳しいことは会って話すというので、とりあえず旧館に出かけたメンバーに連絡を取った。集合場所は、真子の家の離れと決めた。

離れには、もともと隣家の人が住んでいたが、引っ越して空き家になったので、真子の両親が敷地を購入した。ふだんは空き家にしているが、お客さんが来たときに案内する。

アルバイトのメンバーのうち、一人の男子は事故で死んでしまった。あとの三人が離れの一階に集まった。あれからどうしたか聞いてみると、旧館で一番騒いでいた良夫は、アルバイトを終えてから変なことが続いているという。

「あれから、何かにとり憑かれている気がするんだよ」

彼は親戚の家に出かけたとき、いつも静かにしている飼い犬に吠えられた。めったに吠える犬ではなく、ましてや、よく知っているはずの良夫を敵視したことなどはない。あまりにも激しく吠え続けるので、親戚の人も気味が悪いと言い出した。

「おまえ、何かしょってきてるんじゃないのか？　人に吠えるような犬じゃないんだよ」

しかし、沙織はその程度の話では驚かなかった。彼女の実家は、ついこの前、火事で焼けてしまったという。原因はわからない。そこで気になるのがこれなのだと言って、一枚の写真を机の上に置いた。

旧館の窓から、滝を撮った写真――だが、そこにはまったく違うものが写っていた。

つぶつぶみたいな顔が集まって、一つ一つに目鼻があって、そんなものがひとかたまりになってぶらさがっている。現像した写真店の主人も、これには困惑したらしい。

「どうしたらいいと思う？」

みんなでため息をついたとき、カチン、と外で音がした。誰かが来たようだったので、真子が窓を開けると、幼馴染の男の子が、少し離れた場所にいた。

「あら、アッ君、何してるの？　こっちおいでよ」

アッ君は、ふてくされたような態度で、石を拾ってはこちらに投げる。ふだんはそんな態度を見せる子ではないから、おかしいなと思っていると、どこかへ行ってしまった。

小学生じゃあるまいし、どういうつもりだろう……不審に思って部屋に戻ったとき、電話が鳴った。

「実はうちの昭宏が……」

アッ君の母親からだった。挨拶もそこそこに話しはじめる。

「うちの昭宏が、秩父に出かけて、これから帰るって電話があったんですけど、それっきりまだ戻らないんです。ひょっとしてお宅にうかがってないかと……」

アッ君ならついさっきまでいましたよ、と真子は答えた。それならもう近くまで来ているのかしら、と母親は言い、電話は切れた。妙な気分のまま、真子は居間に戻った。

また外から音が聞こえる。今度は三人で窓の外を見ると、アッ君がいて、こちらに向かって石を放っている。どうやら二階の部屋をめがけて投げている。

「あいつ、何やってんの？」

「おかしな子ね」

「二階に何かあるんじゃない？」

真子たちは、二階に上がって窓を開け、ベランダに出た。さっきまで石を投げていたアッ君の姿は、いつのまにか消えていた。あたりを見渡しても、どこにもいない。なんだか知らないけど帰ったのかなと真子は思い、視線を落としたとき、ベランダの鉄格子にぶらさがる男の子と目が合った。そんなところに人がいられるはずがなかった。

「……ほかの子もみんな見てるんです。鉄格子の一番下に両手でつかまって、ぶらさがっている感じだった。私たちのほうから見ると、顔だけそこにぽつんとある感じで……。見間違いではありません。野球帽をかぶっていて、ヤクルト（スワローズ）のマークが入っているのまで、私、はっきり見たんです」（真子の証言）

真子たちはすぐに一階に戻って外に出たが、ベランダにぶらさがる人の姿はどこにもなかった。直後に電話が鳴り、またアッ君の母親からだった。

「うちの息子、まだ秩父にいるんです。いま連絡があって……」

話によると、アッ君は好きな女の子と駆け落ちしたという。秩父の山に入るうちに、転んで怪我をして動けなくなり、救急車で病院に担ぎ込まれた。打ちどころがよくないので入院の必要があるという医師からの連絡が、いま母親のところにあったという。

驚いた真子は、秩父の病院に見舞いに出かけた。ベッドに寝ているアッ君に会い、なぜかふてくされて石を投げる〝生霊〟の話をした。彼は疲れた顔で首を横に振った。

「真子たちのことを思い浮かべた覚えはないけど」

事情のわからないまま、アッ君は怪我の後遺症が重くなり、亡くなってしまった。

後日、真子と沙織は〝滝〟の写真をある寺に持っていった。どうすればいいか聞いたところ、住職は写真を見たとたん、「私の手には負えない」とつぶやいた。

「この写真を浄化できる人は、日本に二人しかいない。一人は青森におられる。もう一人は九州におられる。いずれかの方のところへ、いますぐに行きなさい」

真子はまず青森の霊能者に相談した。だが、写真を撮るに至ったいきさつを話し終える前に、きっぱりと断られた。「私はもう年だから、そのような件は無理です」と。

そこで九州の霊能者に連絡すると、「やってはみますが……」と承知してくれたが、そのあとでこんなことを付け加えた。

「これから言うことを、よく聞きなさい。私のところまで、あなた方に来てもらうことになるが、その際には、いかなる事情があろうとも、これから私が指定する日時の便の飛行機以外には、決して、乗ってはいけない。もしも別の便に乗ったなら、その飛行機は落ちる」

真子たちには複数の死神が憑いている、とのご託宣であった。

言われたとおりに指定の便で九州に向かった。無事に到着し、二人は除霊の儀式をしてもらった。霊能者から金の請求は一切なく、写真は処分をお願いして預けてきた。

これにより、真夏のアルバイトに端を発した奇妙な出来事は解決したかに思われた。

しかし……。

一連の事件のあと、真子は友達といっしょに家の離れで暮らした。それまでは特別なときしか使わなかったが、空けておくのももったいないので、住んでみたのである。

寝泊りを始めてしばらくすると、部屋の電気がつかなくなった。蛍光灯を新しくしてもだめだった。電源に異常はないのに、特定の部屋の蛍光灯だけ、常に調子が悪い。やがて洗濯機がひとりでに動き出すに及んで、真子は不安に襲われた。

ある日、同居している友達が、青い顔でトイレから出てきた。トイレットペーパーが変だという。見にいくと、ほかの部分はまったく濡れていないのに、ペーパーだけがぐしょぐしょになっていた。さっき真子が見たときには、なんでもなかったのに。

いつも二階の部屋で寝る友達が、天井からぶらさがるたくさんの足を見た。夜の十時半頃になると、誰かが階段を駆け上がる。聞いていたカセットテープが途中で止まって、いきなり裏面になる。やがてまた止まり、ひょいと表に戻る。機器の故障ではない証拠に、離れ以外の場所ではそんなことは起こらなかった。

耐えられなくなった友達は退散した。真子も今日に至るまで離れは使っていない。

＊

新宿センタービルのレストランで、話のすべてを聞き終えた私は、メモに記した要点を読みなおしてから、気になったことを真子に確認した。

謎の母子を案内したときの様子と日時……アルバイト仲間の男の子が事故死した場所と日時……家の離れの間取り、現れた〝生霊〟の様子、心霊写真の行方……。

それらのポイントをあらためて質問すると、真子はあいかわらず淡々とした口調で具体的な答えを返した。もちろん彼女は最初から、何もかも実名で語ったのである。ホテルの構造や事件の日にちも正確に記憶していた。本来ならそれらのデータを記すことで、話の事実性を担保したいところだが、それをやれば多方面に波紋を呼ぶ可能性がある。

「……したがって真子さんね、聞いたことのすべては書けないけど」

わかりました、と答える彼女に、私はもう一つの質問をした。それは、事件の発端となった旧館の、部屋の様子についてである。

一般的に怪奇現象が起きるホテルの部屋は、ほかの部屋と違って、妙な間取りをしていることがある。不自然な装飾がほどこされていることもある。

ホテルの関係者に聞くと、それは別に幽霊とは関係ないという説明を受ける。景色のよい方角から客部屋を設計する都合上、あまったスペースに中途半端な間取りの部屋ができる。そこは客室にはできないから、添乗員などが泊まることになる。

しかし、そういう部屋に限って、額縁の裏に御札が貼ってあったりする。最近ではわざわざ額縁を裏返す人もいるので、冷蔵庫の裏や、ベッドの下など、より見つけにくい場所に御札が隠れていることもある。

荒れ果てた旧館の部屋に、そのような御札はあったか、と真子に聞くと、

「ありましたけど」

あっさり言われて、私はのけぞった。

「部屋のどこにあったの？」

「掛け軸の裏にも貼ってあったし、冷蔵庫の中にも貼ってあったし」

真子たちは、騒ぎながら御札を剝がしまくったという。

「だって、それが何なのかなんて、わからなかったから……」

部屋にあった御札は小さなもので、蛇の絵が書いてあったという。いったい何を封印したというのか。部屋の掛け軸に書いてあった〝注意書き〟と関係あるのだろうか。

〈ここでは　たくさんの人が　亡くなっています　これ以上　先に行っては　いけません〉

こんな警告を書いたのは、旧館に蠢く何かの処理を依頼された霊能者だったのかもしれない。そして封印したものをあっさり解き放ったのが真子たちだったということか。

私は最後の質問をした。

「ホテルでアルバイトをしていたとき、使ってはいけない鍵というのはありましたか」

「ええ、ボイラー室とか、そういうところの鍵は使ってはいけなかったけど」

「何かの理由で、お客さんを泊めない部屋の鍵とかは？」

「満室のときでも必ず空けておく部屋はありましたよ」

「それは予備として空けておく部屋ですね」

「はい。……あっ、そういえば」

「何？」

「ある部屋にお客さんを案内することになったとき、社員の人たちが目配せしてたんです。『しかたないわ、あそこしか空いてないんだから』とかなんとか、私にはわからないことを言っていた。その部屋にお客さんを通すたびに、そんな感じだったけど」

「なるほど。つまり、ヤバイのは旧館だけじゃないんだな」

もっとも、これまでの話の中で、新館もヤバイことは、すでに明らかなのだが。

湯煙事変

山白朝子

一

夜が明ける前に宿場町を出発して峠を越えた。あたりが明るくなってきたら提灯《ちょうちん》を消して蠟燭《ろうそく》の節約をする。街道沿いは旅人が多いのでさびしくなることはない。私の背負っている革袋には旅の荷物が入っていた。糸針、櫛《くし》、火打ち道具、麻綱、印板。あるくたびにそれらが袋の中で音をたてる。和泉蠟庵《いずみろうあん》という男の荷物持ちとして旅に同行していた。これまでにも何度か彼と諸国の温泉地をめぐっている。

和泉蠟庵は旅本を執筆し、それを出版して生計をたてている。街道が整備されて旅がしやすくなってきたとはいえ、まだ一度も住み慣れた場所から出たことがないという者は多い。彼らは旅先でのふるまい方もわからず、温泉の入り方もしらない。そのような者たちにとって旅本は必要不可欠のものである。とくに温泉の文章が書いてあるものは人気だ。よい温泉は病を治す。痛みをとりのぞく。療養のため温泉地に長期滞在する者はめずらしくない。

本の版元は、どの旅本にも書かれていない温泉の噂を仕入れると、和泉蠟庵に金を出し、旅をさせ、温泉地に行かせる。もどってきたら本を書かせて出版する。私は彼の旅の手伝いをして、そのおこぼれにあずかっている、というわけだ。

　和泉蠟庵は女のように長い黒髪である。馬の尻尾のように結んでいる。そして重度の方向音痴だ。旅本の作者であり、旅の百戦錬磨という人間のくせに、かならず道に迷う。町を出発して何日も旅をしたのに、なぜかいつのまにか町の反対側に到着してふりだしにもどったという経験もある。そのような不毛にたえかねて、もう付き人はやめたいとおもっているのに、やめられないのには事情がある。

　なぜ借金ができてしまったのか。これは私にも理由がよくわからない。先日の博打《ばくち》が悪かったのかもしれないが、はたしてどうだろうか。ちょっと賽子《さいころ》とあそんだだけで、あんな借金などできるものだろうか。私のかんがえでは、金がふえてしばらくのあいだ、はたらかなくてよくなるはずだったのに、なぜか逆に金が消えている。なにか夢でも見ているようだ。

「私は、世間から、ろくでなしだとおもわれているのです」

　川を越える渡し船の上で和泉蠟庵に言ってみた。

「ろくでなしでも、いいじゃないか」

　近づいてくる対岸を見ながら和泉蠟庵は言った。渡し船の船頭がすれちがう船に声をかけた。威勢のよい声が青空にひびきわたる。

「よくありません。女の子に声をかけても、ご冗談を、とわらわれるのです。いくつかの店では出入り禁止になってしまった。これ以上、生きていても、無駄なのかもしれない……」

「そんなときはね、子どものころの、たのしかったことをおもい出すといいよ。なにか、あるだろう、きみにだって。いいおもい出の、ひとつやふたつ」

すこしかんがえてみる。なにもなかった。

死んだ両親も私のことをそんなにかわいがらなかった。

子どものころにあそんだ女の子も、顔をわすれてしまった。そのうち胸がうずいてきて、痛みのようなものがあらわれた。

「なにもない。なにもないですよ、蠟庵先生」

あの少女は、どのような顔をしていただろう。

ゆのか。たしか、そういう名前だった。

私と和泉蠟庵がその村にたどりついたのは偶然だった。本来、予定していた宿泊場所は別の町である。想定外の村で宿をとるはめになった経緯はいつものような具合だった。川を渡り終えた私たちは、さっそく道に迷ってしまったのだ。いつのまにか街道からはずれてしまっており、だれともすれちがわなくなった。そろそろ宿場町につくはずだが家が一軒も見あたらず、まわりは野山だった。さあ、いつもの不毛がはじまりましたよ、と私は胸中でつぶやいた。すぐに道をもどりはじめたが、見覚えのある景色には出会わない。日が暮れて、提灯に明かりをともしてあるくが、どの方角をむいてすすんでいるのかもよくわからない。今晩は野宿だと覚悟をきめたころに畑が見えた。近くに人の住んでいる集落があるということだ。そのようにして私たちは山裾《やますそ》の村にたどりついたのである。

「災いが転じて福になったかもしれない」

和泉蠟庵が言った。月明かりに縁取《ふちど》られた山の影を見つめている。

「このにおい。温泉がすぐそばにあるはずだ」

言われて気づいた。村に入ってからというもの、鼻がつんとするような温泉のにおいがたちこめている。この地方に温泉があるという話は聞いたことがない。どの旅本にも紹介されていない。ほんとうにこの村に温泉があったとしたら、版元が報酬に色をつけてくれるかもしれない。彼の迷い癖も、たまには役に立つらしい。

何軒か民家をたずねあるき、顔を見せた村人に、温泉と宿の有無を確認した。村人たちはどの人も陰気だった。どんよりと濁った目で私たちを見つめ、話がすんだらぴしゃりと戸をしめた。しかし山の麓《ふもと》に旅人用の宿があると判明したので、私たちはそこへいそいだ。

竹林にはさまれた道を通り宿に到着した。さびれており、提灯をかざすと屋根から草が生えているのが見えた。宿の主人は村人同様に陰気な初老の男だった。常に顔をうつむけて、表情は暗い影の中にあって見えなかった。私と和泉蠟庵は彼のふけにまみれた頭頂部ばかりを見て話すことになった。声は小さく、なにを言っているのか聞きとれないことがあった。この地方独特の言葉をつかうので、それはどういう意味かと聞き返すが無視をされた。部屋に案内され、腐った畳のやわらかさに私がおどろいているとき、和泉蠟庵が宿の主人に聞いた。

「ところで、この村には温泉があるのではないですか？」

「裏の道をのぼっていったとこにありますよ。でも、夜には行かないほうがいいでしょうね」

「どうして？」

「昼のうちは大丈夫なんですがね、なぜか夜にこの村の温泉に入ると、もどってこられなくなる人が多いのです」

「道に迷うという意味ですか？」

「いいえ。温泉を出た様子がないのですよ。次の日、脱ぎ捨てられた着物だけが温泉のそばで見つかるのです。みなさん、どこに行かれてしまったのか……」

宿の主人はそう言うと私たちを部屋にのこして立ち去ろうとする。呼びとめても、聞こえないふりをしているのか、さっさと行ってしまった。暗闇に背中が消えてもしばらくは、彼があるくときに床板のきしむ、ぎっ、ぎっ、という音だけが聞こえてくる。

私と和泉蠟庵は、ぐにゃぐにゃとしずむ湿った畳の上に荷物を置いた。部屋の障子《しょうじ》は無惨に破けており外が見える。月明かりが闇の中に青々とした竹林を浮かび上がらせていた。温泉に通じているらしい細い道が竹林の奥につづいている。なにかが腐ったかのような温泉の臭気がただよってきた。

「さて、主人もあのように言っていたし……」

和泉蠟庵も私の隣で破けた障子の穴から外を見ている。

「そうですね、今日のところは……」

もう眠りましょう。私はそうつづけようとしたのだが、和泉蠟庵はちがうことを言った。

「さっそく、きみに、温泉へ入ってきてもらおうか」

二

和泉蠟庵いわく、温泉になにかしらの危険があったら旅本に書けない、だからそれを調べてきてほしい、とのことだった。たしかに宿の主人が語った話は気になる。しかし、あのような話をされて、すぐに夜の温泉へ足を運ぶような気持ちにはなれない。私は和泉蠟庵の提案に聞こえないふりをして、部屋のすみに折りたたまれていた布団をかぶり、さっさと眠ることにした。

翌朝、ふくらはぎのかゆみで目が覚めた。かゆみはそれだけにとどまらず、腕や首、足の甲、手の指先にまで広がった。朝のうす明かりが部屋にさしこんでおり、その中で目をこらすと、全身に赤いぶつぶつができていた。私の使用した布団に大量の蚤《のみ》がいたらしい。湿ってつぶれているほころびだらけの布団をたたいてみると、蚤がざらざらと畳にちらばって、あっちこっちにはねて逃げまどう。そのあいだも私はかゆくてしかたない。爪で全身をかきむしった。

不思議なことに和泉蠟庵は蚤の被害にあっていなかった。私の悲鳴で起きた彼の体に赤いぶつぶつは見あたらない。なぜなのかと聞いてみると、彼は布団の中から草をとり出した。山道でよく見かける草だった。

「これは苦参《くじん》という草だ。念のため、昨日、採集しておいた。これには蚤をしりぞける効果がある。私が蚤に食われていないのは、これを布団に入れて眠ったからだよ」

「そんなものがあるなら、なぜはやく出さなかったんですか。おかげで、ほら、見てください」

腕やふくらはぎの惨状を見せた。しかし和泉蠟庵はすまし顔である。

「蚤に気をつけろと、忠告する前に、きみが眠ってしまったんじゃないか」

わざとだまっていたのにちがいない。

「ところで、この村にあと何泊かしてみよう。温泉のことが気になるからね」

「じゃあ、今晩もこの部屋に？　蚤を追い払うという、その草を、わけてください」

左右の手で別の場所をかきながら私はたのみこんだ。

それにしても明るくなってあらためて周囲を見るとひどい部屋だった。天井に蜘蛛《くも》の巣が張りめぐらされ、小さな蛾がひっかかっている。部屋のすみにおいてある行灯《あんどん》はほこりをかぶっており、皿の油は黒いどろどろになっている。

私と和泉蠟庵は部屋を出て宿の主人にあいさつした。竹林に囲まれたこの宿は、昨晩に応対した初老の男とその妻が二人で営んでいるようだった。男の妻もほかの村人とおなじように陰気で、頭痛がするとでもいうようにいつも顔をゆがめていた。女の炊いた飯と味噌汁が朝食だった。飯の中には小石や女のものとおもわれる白髪が入っており、味噌汁はあきらかに泥水のにおいがした。客は私たちのほかにいないようだ。

宿の主人に温泉の話を聞いてみた。夜に入るともどってこられなくなる、という話は事実なのかどうか。かつてそのようなことがあったのかどうか。しかし宿の主人はまともに返事をしてくれない。

「昼間に入れば、だいじょうぶですよ」

それだけだ。ほかにすることもないので、私と和泉蠟庵は温泉に入ってみることにした。主人の話はさておき、湯船につかって疲れをとりたかった。温泉のにおいがすぐそばからただよってくるのに、入らないまま村を出て行ってたまるか。

手ぬぐいを持って私たちは宿の裏手の小道をすすんだ。無数の竹が両側に茂っている。道は山の斜面に真っ向から挑むようなのぼり坂である。しばらくすすむと、後ろに見えていた宿が竹林のむこうに消えてしまい、そのかわり前方に湯気のたつ崖が見えてきた。崖の岩場で竹林はおしまいになり、あたりには湯気の白い靄《もや》がたちこめた。

岩場を上がってみると、崖の途中で棚のように張り出しているところがあり、そこに湯のたまり場があった。だれかが岩をくりぬいてつくったものではなく、岩のへこみに湯がたまっているような自然のままの温泉だ。大人が五人も入ればいっぱいになる程度の広さだ。湯は白濁しており、湯の華がただよっている。足をつけてみると、やや熱めの、ほどよい湯加減だった。

和泉蠟庵には温泉の入り方について独自の美意識があるらしいが、私は気にせず着物を脱いでざぶんとつかった。眼下に竹林の広がる絶景だった。背後には崖がそびえており、岩のごつごつとした感じもまたよい。

なにも問題は起こらず、温泉を堪能して私たちは宿にもどった。全身のかゆみもすっかり治ってしまった。部屋に入るなり和泉蠟庵は日記帳を広げて、温泉のことを記録した。お湯の色やにおい、深さや広さ、宿から温泉までの距離、予想される効能といったものをすらすらと書いていく。いつか旅本を書くとき必要になるからだ。しかし途中で筆をとめると、和泉蠟庵は私を見て、なにかを言いたそうにする。

「わかりましたよ、行けばいいんでしょう、夜に……」

私はしぶしぶそう言った。さきほど実際に入ってみて、どこにでもある温泉に見えたから、変わったことなど起こらないという気がしてきた。

「そのかわり、苦参をくださいよ。もうかゆいのはごめんです」

夕飯は飯と味噌汁と筍《たけのこ》の煮物だった。宿の主人の妻が用意した食事である。一口食べただけで私と和泉蠟庵は目をあわせ、それ以上、口にはしなかった。

　夜が更けて月が出る。竹が暗闇の中でならんでいる。私は提灯で足元を照らしながら進んだ。昼にあるいたのとおなじ道である。しかし日が暮れただけでずいぶん印象がちがう。温泉までの道はこんなに長かっただろうか。どこまであるいても竹林がつづいているような気持ちにさせられる。やがて白い靄が出てきて竹林はとぎれる。崖が目の前にそびえており、中腹の突き出たところに温泉があるはずだ。しかし昼間よりも湯煙が濃くたちこめておりほとんど足元しか見えない。ころばないように気をつけながら岩のあいだをのぼって、ようやく温泉にたどりついた。

　やけに静かである。虫の音もしない。着物を脱いで、湯に足をつける。湯がゆれる音さえはっきり聞こえる。湯煙が夜空まですっかりおおっている。温泉のむこう岸は白さの中に溶けており、眼下にあるはずの竹林も背後の崖も見えない。月明かりが照らしているせいなのか、提灯をおいた場所から離れても、湯煙全体が白くぼんやりと明るい。

　はじめのうち、宿の主人の言ったことを気にしていたが、湯につかっていると、どうでもよくなってきた。温泉の湯が肌をぬるぬると気持ちよくさせる。爪先から首の後ろまで体の内側からあたためる。たのしまないと損だ。しばらく入浴してみたがなにも起こらない。岩場に腰かけて体を冷ましてからまた入ってみる。

　宿の食事のまずさについてかんがえていたとき、だれかの気配に気づいた。温泉につかっているのは自分だけかとおもっていたが、耳をすますと、ちゃぷちゃぷと、だれかが温泉の中をあるいているような音が聞こえる。

目をこらすと、白い湯煙のむこうに、ぼんやりと人影が見えた。気づかないうちに私以外の者が竹林の道を抜けてきたのだろうか。

「よい湯加減ですね」

話しかけてみる。返事はない。人影は微動だにしない。耳の遠い老人なのかもしれない。そばによって、あいさつしてみようか。湯煙にまぎれて、顔や姿がぼんやりとしかわからないのが気持ち悪い。立ち上がり、ざばざば、ざばざば、と波をたてながら人影に近づいてみようとした。底がぬるりとすべりやすくなっている。

人影がふえていた。温泉にいるのは、私ともう一人だけではない。目をこらせば、三人も四人も湯につかっていた。じっと湯につかっている者がいれば、立って移動する者もいる。どの人影も無言である。たまにささやき声のようなものが聞こえるが、ほとんど聞きとれない。

不思議なことに気づく。一番遠くに見える人影は、たしかに湯につかっているらしいのだが、私のいる場所からずいぶん離れていた。昼間に見た温泉の広さをかんがえると、その人影のいる場所は、崖のむこうのはずである。しかし私自身のたてた湯の波はどこまでも広がっていく。湯煙の中で温泉の端が消えていた。後ろをふりかえるが、着物を脱いだ岩場は見あたらない。提灯の明かりもない。前後左右、濃密な白い湯煙がたちこめており、足元にほどよい湯加減の温泉があるだけだ。

おそろしい。でも、あいかわらず心地よかった。逃げ出したいような気もするが、ひとまず私のしたことは、肩まで湯につかり、ああ、とため息をもらすことだった。

人影のひとつが咳払いをした。おえっ、おえっ、とえずくような咳を二回、すこし休んで、もう一回。私はその咳払いのしかたに覚えがあった。生前の父とまったくおなじではないか。

もしかしたらとおもい、ほかの人影も観察してみる。すぐにわかったのは片腕のない人影である。湯煙で体の輪郭がぼんやりしていても左腕がないことくらいはわかった。それは一昨年の冬、辻斬りにあって殺された友人をおもい出させる。見つかった友人の死体は左腕を切り落とされていた。見つめていると、その人影が立ち上がり、湯の中を移動しはじめた。切り落とされた腕を、もう一方の手で大事にかかえているのが湯煙越しにわかった。

鼻歌が聞こえてきた。人影のどれかが歌っているようだ。弱々しい音は、注意深くしなければ聞こえないほどの大きさである。ああ、母もいるのか。私は湯にひたりながらおもった。その鼻歌は、ずっと昔に死んだはずの母が歌っていたものだ。

そのころになるともう、おそろしさや不安といったものは消えていた。それよりも、私は人影のひとつひとつに、あいさつをしてまわりたいという欲求が出てきた。

「なあ、あんたたち。ひさしぶりだね」

私は呼びかけて、近づこうとした。そのとき、意外な声が聞こえてくる。

「だめだよ、耳彦」

少女の声だった。人影のひとつが、ちゃぷちゃぷと湯の音をたてて私に近づいてくる。その背丈は、私の胸元よりも低い。まだ子どもの大きさである。

「だれだ？」

「わすれたの？」

顔を見ようとするが、湯煙が邪魔をする。ぼんやりとした影でしかない。

「ゆのかだよ」

人影はそう言うと、白い湯煙のむこうで、肩まで湯につかった。

「ゆのか？　おまえ、あの……」

顔をおもい出そうとするが、だめだった。

「でも、おまえ、ずいぶん、小さいぞ……」

私よりも一歳上だったはずだ。

「当然でしょう。だって、私が死んだのは、子どものときだったもの」

「死んだ？」

「そうよ」

私はほかの人影をひとつずつふりかえる。そういえば、死んだ人間が湯船につかっているというのは妙なものだ。温泉があんまり気持ちいいものだから、すっかりそんなことをかんがえなくなっていた。ゆのかの話を聞いて、急に私はこわくなった。

「ここはどこなんだ？」

私は目の前の小さな影に一歩つめよった。湯煙がすこしだけうすれる。ぬれた髪の毛、耳の形、ゆのかの目鼻立ちが見えそうになる。しかし少女の人影が私から遠ざかって距離はもとにもどる。

「だめよ、こっちに来たら。さあ、帰りな」

そのとき私の背後から聞きおぼえのある声が聞こえた。私の名前を呼んでいる。和泉蠟庵の声だった。

私はおそろしさにかられて、声のするほうにはしった。ざばざばと湯が波打った。やがて私は岸にたどりついた。脱ぎ捨てた着物や提灯がおいてある。提灯の蠟燭はすっかりなくなっている。和泉蠟庵が私を見つけてかけよってきた。もどってくるのがおそいので私を呼びにきたと説明をうける。

すでに夜は明けていた。風が吹いて湯煙が晴れると温泉の全体が見えるようになる。五人が入ればいっぱいになるほどの広さにもどっている。私と和泉蠟庵のほかに人は見あたらない。温泉につかっていた人影たちも、私に話しかけてきた少女の影も、湯煙といっしょに消えていた。

「ゆのかというのは、いったいだれだったんだね」

竹林を散歩しながら和泉蠟庵が聞いた。

「子どものころ、いっしょにあそんだ女の子です」

笹が風にゆれて心地よい音をたてる。

「いい名前じゃないか。温泉の香りのことも、お湯の香りと書いて、ゆのか、というし」

「なんでも温泉に結びつけないでください」

昨晩、温泉で私が見た人影たちは、すでに死んでいる知り合いたちだった。父母にしろ、片腕のない友人にしろ、つまり、むこう側の人々だ。彼らの顔をよく見ようと、あのまま近づいていたら、私はどうなっていたのだろう。ゆのかが声をかけなかったら、私は彼らの顔を見たくて、湯煙のむこうに行っていた。宿屋の主人が話していたように、もうこちらにはもどってこられなかったかもしれない。今ごろになって寒気がしてくる。

「しかし、ゆのかというきみの友だちは、どうやって死んだのだ？」

和泉蠟庵が、まっすぐにのびている竹を見上げて聞いた。

「さあ、わかりません」

「でも、子どものころに死んだと、その人影は話していたのだろう?」

ゆのかは死んでいた。やはり、死んでいたのだ。

「当時は、神隠しにあったと言われていました」

ある日、忽然とゆのかは消えた。私が七歳くらいのときだろうか。攫《さら》われたと話す人もいれば、足をすべらせて川に流されたと言う人もいた。何日待ってもゆのかが帰ってくることはなかった。おなじ集落の大人たちがゆのかを捜して山の中をあるいたが、結局は見つからなかった。彼女がどこに行ってしまったのか、だれもわからないまま年月はすぎた。

今ではもう、ゆのかの顔だちを私はわすれてしまった。少女がどのような目をしていたのか、どんな形の鼻だったのか、唇《くちびる》の色はどうだったのか、もうすこしでおもい出せそうなのに、だめだった。いなくなった人間の顔をいつまでもおぼえていられるということがあるだろうか。日々、あたらしくなにかを見聞きする中で、昔のことは輪郭をうしない、茫洋《ぼうよう》としてくる。頭の中に湯煙がたちこめたみたいに、いなくなった人間の顔だちは、はっきりとしなくなる。

ゆのかがいなくなったのは大昔だ。私がしっているのは、かなしかったというおもい出だけである。理不尽なものだ。泣いたことだけはおぼえている。

「湯煙がもうすこしうすければ、両親や友人の顔も、ゆのかの顔も、見えていたはずなのに」

いなくなった人々の顔を、もう一度この目で見たい。

「異国では、見えるものを生き写しのように紙へ転写する技術が発明されたらしいよ。それがもっと簡便なものになれば、私たちの姿も、私たちが死んだあとにのこるはずだ」

「絵とはちがうのですか?」

「なんでも、カメラ・オブスクーラと化学的な処理をくみあわせたものらしい」

「カメラ・オブスクーラ……?」

「異国の言葉で、『暗い部屋』という意味だ」

いまひとつ想像がつかない。和泉蠟庵も、まだその発明を実際に見たことはなく、伝聞でしったのだという。

「しかし、あの温泉のことを旅本に書くのはあきらめたほうがよさそうだね」

和泉蠟庵は残念そうだった。

「お湯の質はよい。見晴らしもよい。でも、死んだ人がお湯につかっているなんて書けやしない。きみはもどってこれたが、全員がそうだとはかぎらないからね。まあ、怪談の本を書くことがあったら参考にしよう」

もう一泊して、翌朝にこの村を出発することが決まった。旅の日程がかさむと、その分、費用がふえる。資金を出している版元がいい顔をしなくなる。この村に用がないのなら長く宿泊する理由はない。

明日から再開される旅にそなえて、和泉蠟庵は昼間のうちに温泉へつかりに行った。私は同行する気にならない。昼間は安全と言われても、まだ昨晩のおそろしさがのこっている。

私は一人で村を散歩してみることにした。山がすぐそばにあるこの村は、私の故郷の集落をおもい出させた。斜面に棚田があり、畑を耕している者がいる。ところどころにある竹林をさけて、細い道がうねっている。日が陰って、曇り空になった。

あるきながら私は、旅を終えたあとの、身の振り方についてかんがえた。このままではだめだ、いけない、という気持ちになる。もう二度と博打はしないぞ、と拳《こぶし》をかためる。しかし前回の旅のあとでもおなじように決心したはずである。それなのに私は賽子の誘惑に負けてしまった。カラコロ、カラコロ、と賽子のふられる音を聞くと、気持ちが大きくなり、急に強い男になったような気がする。そして結局、かせいだ金はどこかに消えてしまうのである。

疲れたので岩に腰かけて休んでいると、老人が馬をひいて道のむこうからやってきた。この村の人は旅人が好きではないのかもしれない。目の前を通りすぎるとき老人は私のほうを嫌そうにちらりと見て、もごもごとなにかをつぶやいた。その口のうごきから老人は、聞くにたえないひどい悪口を言ったのではないかと私にはおもえた。

頭が痛かった。そういえば昨晩は布団で眠っていない。温泉で朝日をむかえた。頭がぼんやりとする。

宿にもどる途中、今度は子どもたちの集団に出会った。子どもたちは私を見るなり茂みに逃げこんでなにかをささやきあっていた。草葉のあいだから私のほうを見ているようだ。耳をすましてみると、あんな大人になったら……、とか、どうしてこんなことに……、というようなあわれみのこもったつぶやきが聞こえてきた。私は無性にくやしくなり、茂みをかきわけて、子どもたちを叱ろうとした。彼らが逃げまどうのを期待していた。しかし目の前で仁王立ちしても、子どもたちは石のような無表情で、まばたきもせずに私を見つめかえすだけだった。

宿の手前で、赤ん坊を抱いている女に出会った。もうこの村の人たちにはかかわらないようにしようとおもい、顔をふせて無言ですれちがおうとしたら、その母親はわざわざ私の目の前にやってきた。心配そうな顔で私を見ながら、あなたのお父様もお母様もさぞかし残念なことでしょう、と言った。私が、放っておいてください、と返事をすると、女は急に鬼のような形相になって私をにらんだ。よく見ると女の抱いている赤ん坊までもが顔を怒りにゆがませて真っ赤になっていた。あまりに赤いのでそれは人間の子というよりも内臓かなにかのようだった。それが、ぎゃっ、ぎゃっ、と奇怪な声を発して泣きはじめた。

宿にもどっても災難はつづいた。部屋に野良犬があがりこんでいたのだ。障子をあけると、畳の上に、泥で真っ黒によごれた犬が立っているではないか。餓死寸前の様子の、ほとんど骨と皮だけの犬は、私に鼻がついていることを後悔させるような腐臭をまきちらしていた。犬は荷物を荒らしており、布団の上におびただしい数の足跡をつけていた。大声を出して追い払うと、犬は私を見て一粒の涙をこぼし、竹林の中へはしり去った。なんという嫌な村だろう。気が滅入る。温泉からもどってきた和泉蠟庵も、部屋の惨状におどろいていた。犬の足跡からも腐臭はただよい、掃除をしてもにおいはなくならなかった。

宿屋の主人の妻がつくった夕飯の飯には、やはり小石がまじっており、奥歯に不愉快な感触がのこった。私と和泉蠟庵が小石を吐き出して並べると、全部で四十個以上もあった。筍の煮物には正体のわからないものが入っており、それは箸《はし》の先でつつくと蠢《うごめ》いた。気味が悪いので、今日は一口も手をつけなかった。

日が落ちて暗くなり、和泉蠟庵は行灯の明かりをたよりに日記を書きはじめた。行灯の外側の障子をあけてようやく文字の読める明るさになる。蠟燭のほうが行灯よりも明るいが、値段が高いので節約することにしたらしい。

寝る直前、和泉蠟庵は私に苦参をわけてくれた。

「今日はひどい目にあったね。これでよく眠るといい」

もうこれで蚤はだいじょうぶだ。和泉蠟庵は苦参とともに布団に入って寝息をたてはじめた。私もしばらくは布団の中で目をつぶっていたが、なかなか寝つけなかった。

そのうちに目を閉じるのもやめて部屋の天井をただ見ていた。

天井の蜘蛛の巣は、部屋に入ってくる風でわずかにゆれている。

カメラ・オブスクーラ。

異国の言葉で『暗い部屋』。

それがどんなものか結局わからないままだが、今まさにこの部屋も暗い。

渡し船の上で聞いた和泉蠟庵の言葉がよみがえる。

そんなときはね、子どものころの、たのしかったことをおもい出すといいよ。なにか、あるだろう、きみにだって。いいおもい出の、ひとつやふたつ。

ゆのかの顔は、あいかわらず茫洋として、判然としない。

いっそのこと、あの湯煙のむこうに行ってみようか。そうすれば、こんな嫌な場所にわかれを告げられる。むこうに行けば、昔なじみの人々や、父母や、ゆのかが、私をうけ入れてくれるだろう。和泉蠟庵を起こさないように布団を出ると、私は提灯さえもたずに温泉へむかった。

四

ころばないように気をつけながら竹林の中の小道を行く。牢獄の檻のように竹がならんでいる。私をここに閉じこめるつもりなのか。温泉のにおいがつよくなり、やがて湯煙があたりを白くする。岩場を越えて私はお湯のたまっている場所に着いた。

着物を脱いで足の先からお湯に入る。ぬるりとした感触が心地よい。あたりは昨晩と同様に湯煙でなにも見えなかった。眼下にあるはずの竹林も、背後の崖も、白い湯気のむこうに消えている。温泉にすっかりつかってしまうと、見えるのは、自分の体と、湯の表面だけである。

いつからか暗さを感じなくなった。月明かりが湯煙を照らしているというよりも、湯煙そのものが白くかがやいているような明るさである。全身があたたかくなり、頭の芯がしびれるようなしあわせにつつみこまれる。

咳払いが聞こえてふりかえると、離れた場所に人影があった。あの咳払いは父のものにちがいない。ほかにもちらほらと人影がある。どれも無言で温泉につかっている。もうこわくない。しっている人ばかりだ。なつかしい人ばかりだ。私は彼らに近づこうとした。

「どうしてもどってきたの？」

少女の声が聞こえる。いつからそこにいたのか、私からすこし離れた場所に子どもの大きさの影がある。湯気が邪魔で顔は見えないが、たしかにそこにいる。その子の影がうごくと、湯煙のむこうから、ゆらりとしたお湯の波が広がって、私の体のところまでとどくのだ。

「私も、みんなのところに行こうとおもってね」

私が少女の影に近づくと、影は一歩、後退する。私と少女のあいだにある湯煙の濃さは変わらない。

「だめだよ。耳彦はまだ、こっちに来たらいけないよ」

「でも、私は、みんなに会いたいのだ。なつかしい顔を見たいのだ」

「こっち側に来たら、もう、もとの場所に帰れなくなるよ」

「かまうものか」

ほかの人影は、私たちの会話が聞こえていないのか、じっとしている。腰の曲がった人影を見つけた。ゆっくりとしたうごきは、大昔に死んだ祖母のものだ。女のすすり泣くような声が遠くから聞こえてきた。死んでしまった友人に、そういうすすり泣きをする女がたしかにいた。

影の輪郭から想像すると、ゆのかは肩のあたりまで湯につかっている。私も湯につかり足をのばした。極楽、極楽。

「ゆのかは、そもそも、どうやって死んだ？」

「山菜をとりに行って、足をすべらせたんだ。山に一本だけ杉の木が生えてたでしょう。あの崖から落ちたんだよ。崖下で岩にぶつかって、首が折れてしまった」

「大人たちが捜したけど見つからなかった」

「きっと崖を降りてまでは捜そうとしなかったんだよ。私の体は、草の茂みに隠れて、上からは見えなかったんだとおもう」

ゆのかの影がうごいて、湯が音をたてる。首のあたりをさすっているようだ。

「まだ、痛いのか？」

「もうだいじょうぶ」

「なら、よかった」

すこし間をおいて、今度は静かに問いかけてくる。

「ねえ、どうして、こっちに来たいなんておもうの？」

「いいことが、ないからだ」

「これから、あるかもしれないよ」

「わかるものか。それに、ほかにも理由がある」

「なに？」

「みんなの顔を、わすれかけているんだ」

「なんだ、そんなこと」

「みんなが死んでしまって、いなくなっちまったら、もう顔を見ることができないだろ。何ヶ月も、何年も、暮らしているうちに、みんなの顔をおもい出せなくなっちまう。ゆのかのことも、どんな顔をしていたのか、今はもうわからない。あたらしいおもい出が、積みかさなって、ゆのかのことを追いやってしまった」

「しかたないよ。耳彦は、生きてるんだもの。毎日、あたらしいおもい出が、ふえていくんだから。これからもさっと、いろんなものを見て、いろんな人に会うんだ。死んだ人のことなんて、わすれてしまっていいんだよ」

「私にはそれが、がまんならないのだ。ゆのかに、悪い気がするのだ」

「耳彦は、あいかわらずだな」

「子どものころ、私はたぶん、ゆのかのことが好きだった。だからいつも、くっついてあるいていた」

「そうだよ。私たちは、いつもいっしょにいた」

「それなのに、わすれてしまったのだ。こんな馬鹿なこと、あるだろうか」

私は両手で顔をおおった。頭の中まで白く煙っている。私とゆのかは、姉と弟のような関係だったのか、それとも兄と妹のようなものだったのか、どちらが先をあるいて、もう片方の手をひっぱっていたのか。

「ありがとう。私はさびしくない」

「本当か?」

「うん。さびしくない。だから、私のことをわすれても、いいんだよ。さあ、もう帰りなよ。朝になるよ」

少女が言った。まわりにいた人影が立ち上がり、湯がゆれる。私の父や母、友人ともわれる影が温泉の中をあるいて遠ざかっていく。

「私もそっちへ……」

「だめだ」

ゆのかの人影が湯を手ではじいた。温泉の飛沫が湯煙を通り抜けて私の顔にふりかかる。

「耳彦を待ってる人がいる。だから、こっちには来るな」

「待ってる人?」

「その人は、さっきから、耳彦が帰ってくるのをのぞんでいる」

ゆのかも私に背をむけて遠ざかりはじめた。湯気のむこうに影がうすれていく。追いかけることもできた。しかし私の足はうごかなかった。迷いが生じていた。

「ゆのか。そっちにも、博打はあるのかい」

少女の影が、あきれたように返事をする。

「そんなものないよ」

「じゃあ、まだそっちには行かない。もうすこしこちらであそんでから、そちらへ行くことにしよう」

ゆのかは湯煙のむこうですこしだけわらってくれたような気がする。

「ほどほどにね」

その言葉を最後に、まもなくゆのかの影は完全に湯煙のむこうへ消えた。

私は彼女と反対方向にすすんだ。温泉の端が見えてきたころ、朝日とともに風が吹いて、湯煙をはらった。温泉はもう普通の広さである。人影もいなくなっている。眼下に竹林が広がり、背後に崖がある。私の脱ぎ捨てた着物のそばに、和泉蠟庵が腰かけていた。彼は私を見ると、あくびまじりに言った。

「もどってきたのかい」

「むこうには、博打がないそうですから」

「そうか。じゃあ、無理にでも連れて行ってもらうべきだったな」

私は着物を着て宿へもどることにした。彼は朝風呂に入ると言って温泉にのこった。朝食は竈《かまど》だけ借りて自分たちでつくった。


村を出て十日ほど旅をつづけると、本来の目的地である温泉にたどりついた。噂に聞いていたとおり景観もよく、温泉の質もよい。何軒かある宿はどこも親切で、食事もうまかった。そこでは怪奇なことなど起こらず、ゆっくりと骨休めすることができた。和泉蠟庵は、温泉の効能を調べたり、近所に見どころとなる名所がないかとあるきまわったりしていた。

帰路の途中、行きがけに迷いこんだ不思議な温泉のある村に立ちよってみよう、ということになった。のどもとすぎればなんとやら、というやつである。村人にひどいことを言われ、まずい食事を食べさせられたのに、あの竹林がなつかしくおもえた。ただし今回は素通りで、決して宿には泊まらないつもりだ。

しかし村は見あたらなかった。道はたしかにあっている。山と竹林もある。だけど家はなくなっており、村中にたちこめていた温泉のにおいもない。首をひねっていると、和泉蠟庵が、畑のたがやされたなごりを見つけた。荒れてはいるが、畦に土が盛られている。

すれちがった行商人に、このへんに村がなかったかと聞いてみた。

「大昔にはあったみたいですね。祖母がそんなことを話してましたよ。たしか、崖崩れで家は全部、つぶれてしまったって」

そう言われて山を見てみると、おぼえている輪郭とちがっていることに気づく。崖崩れが起こって、温泉もつぶれてしまったようだ。でも、それは大昔の話だ。私たちが村で宿に泊まったのはつい先日のことだ。これでは話が食いちがう。私たちは夢でも見ていたのだろうか。しかしこのような怪異はいつものことなので、さほど気にはしなかった。

無事に町へ帰りつくと、旅本の版元へあいさつしに行った。お茶を飲み、雑談をして、賃金をもらった。あたたかくなった懐《ふところ》にうかれながら、博打でさっそく一儲けをたくらんだ。しかしその前にやっておきたいことがあり、一晩休んでから、私は故郷の集落にむかった。

あの温泉で見聞きしたことが、ほんとうにあったことなのか、そのころにはもう、自信がなくなっていた。でも、夢でなかったとしたら、少女は今もまだ、おなじ場所にいるはずだ。

子どものころに住んでいた集落は山裾にあった。段々状の水田が広がっており、水のはっているところには、空の雲がうつりこんでいた。子どもたちが小川で魚をつかんであそんでおり、はしゃいでいる声が遠くまで聞こえてきた。父母が死んで以来、長いこと帰っていなかった。こんなに道は細かっただろうか。古い鳥居や、苔むした岩の形には見おぼえがあり、自分はこの近くをゆのかといっしょにはしりまわっていたはずだった。

山のほうへとむかう。次第に道はけわしくなる。やがて山に一本だけ生えている杉の木が見えてきた。さいわいにも、切られたり、枯れたりせずに、当時のままのこっていた。崖下をのぞいてみる。足をすべらせてはひとたまりもないだろう。首の骨などかんたんに折ってしまうかもしれない。道をさがして崖をおりた。草をかきわけて一本杉の真下あたりへ行く。草の青々としたにおいにむせながら地面をさがした。草を手でつかみ、ひきちぎり、泥をほりかえした。

あれから長い時間がすぎた。今さら見つかるのかどうかわからない。やがて空が赤くなり、すぐに暗くなりはじめた。私は汗と泥と草の汁でひどい有様になった。爪のあいだまで泥まみれだ。あきらめようとしたとき、泥のあいだから白い破片が見つかった。あきらかに人骨とおもわれるものが次々と出てきて、ついには頭蓋骨があらわれた。ここでゆのかは死んだのだ。骨を見つけて、彼女の母親のところに持って行こうとおもっていた。ゆのかの親はまだ生きており、この集落に一人きりで暮らしているはずだから。

頭蓋骨はこわれておらず、そのままの形をしていた。眼窩《がんか》につまっている泥をほじくって、自分の着物で表面をぬぐってきれいにする。

両手のひらでつつみこんで正面からながめた。夜空にうかんでいる月に照らされて骨は白々とかがやいて見える。私の両手にすっぽりとおさまるくらいの小ささである。たしかにそれは子どもの頭である。

手のひらでその形を感じていると、急にゆのかの顔をおもい出した。

凛《りん》とした瞳。

気の強そうな唇。

黒く艶やかな髪の毛。

すっとした気持ちのよい形の頰。

着ていた古着の柄。

ゆのかの家の裏で喧嘩をした。泣いている私の手をひいて、蜻蛉《とんぼ》の飛んでいる道をいっしょにあるいてくれた。そのほかの、小さな欠片《かけら》のような、今までわすれていてもしかたのないというようなことまでよみがえる。私はしばらくのあいだ、ゆのかと、そこにいた。草の上にすわって、虫の音や、木のざわめく音をいっしょに聞いた。やがて立ち上がると、少女を着物にくるんでその場を離れた。

深夜の食欲

恩田陸

伝票を見て一瞬不思議に思ったものの、すぐにそれを自分の中で打ち消して、まだ顔にあどけなさの残るボーイはワゴンの上にそれを伏せた。

きっと、若いグループ客でもいるのだろう。

深夜の厨房《ちゅうぼう》から、重いワゴンをゆっくりと押し出す。

ゴッ、という鈍い加速の響き。

最初はもっと軽いワゴンにすればいいのにと思ったが、皿やワゴン自体が浮いてうるさい上に、押しにくいのだそうだ。

リノリウムの擦り切れた床を、ガーッという低い唸《うな》りを上げてワゴンは進む。

厨房から業務用エレベーターへの廊下は薄暗い。何度取り替えても、いつも同じ場所の蛍光灯が切れる。接触が悪いのだろう。じいっ、じいっ、と、落ちた蟬《せみ》のような音が今日も廊下の隅から響いてくる。

ワゴンの上で、銀の皿にかぶせた蓋《ふた》が、鈍く光っている。

ワゴンを押すのは、意外と難しい。最初の頃はワゴンに抗《あらが》われているような感じがしたものだ。時に、ワゴンが意思を持っていて、手を放しても勝手に進んでいくのではないかと思う時がある。

それは、仲間うちでもちょっとしたジョークになっていた。彼等は数台あるワゴンに名前を付けていた。ハナコだのキャサリンだのジミーだの。大きく重いものであるが故《ゆえ》に、それぞれに癖があるのだ。人によっては相性もある。自分と相性のいいワゴンに当たると、なんとなくホッとする。

今押しているのは、一番の性悪の『ヘイスティングス』だ。どこがおかしいという訳ではないのだが、押しているとギシギシと左右に細かく揺れ、高い料理やシャンパンを載せている時に限ってカーブを曲がり切れなかったりする。

ヘイスティングスはこのホテルでは伝説的なお客の名前で、スイートルームで自分の口に猟銃を突っ込んで引き金を引いたイギリス人だ。それが何年前なのかは、彼は知らない。

エレベーターの扉が開く。

メタリックな扉がぐぉん、と左右に開く度、刃《やいば》のようだと思う。

業務用のエレベーターのそっけない直方体の中で、彼は四皿のローストビーフと共に最上階に上がる。

ウイーンという鉄の壁の上昇音を全身で聞く度に、いつも方向感覚を失う。

止まった。

一瞬遅れてズシンと床が沈んだ。『ヘイスティングス』の上で、ナイフとフォークがカシャンと音を立てる。このエレベーターはいつもそうだ。止まった反動で床が沈むのである。

刃のような扉が開く。

そこには小さいスペースがあって、無表情な明かりがともっている。

病院のようだ。

彼はそのスペースを目にする度にそう思う。

この無機質な明かり。左右に並ぶドア。長い廊下。

ワゴンを押し始める。ゴッ、という鈍い加速の響き。

軽い。

彼はハッとする。どうしたんだろう、今日の『ヘイスティングス』は?

目の前で押しているワゴンを見下ろす。四つの銀の皿。銀の蓋に映る、四つの歪《ゆが》んだ自分の顔がこちらを見上げる。

ワゴンは羽根が生えたかのように軽かった。一刻も早く、前へ進みたいとでも言うように。

深夜の廊下。夢の続きのようだ。照明を落とした灰色の世界。遠近法の手本のような景色。ふと気が付くと、時間の感覚すらも溶けている。こうして、番号のついた墓標のような扉をいつまでも通り過ぎ続けているような。

いけない、いけない。彼は自分を叱責《しっせき》した。仮眠しておいたはずなのに、疲労の波に飲み込まれそうになっている。

彼は足を止め、きつく瞬《まば》きをする。再び目を開いた瞬間、世界が膨張していくようなめまいを覚える。自分の身体《からだ》の中心から、ホテルの外に向かって何かがスピードを上げて膨らんでいくような錯覚を。彼は、時々こうしてワゴンを押していると、巨大な巻き貝の中を歩いているように思えることがある。全《すべ》ての廊下が一続きになり、ゆるやかな回転運動とともに世界の中心へと向かっている――

しかし、それはただの妄想だ。毎日目にする、ぼんやりとした薄暗い廊下がそこにある。

静かだ。いつも不思議に思うのだが、この静かで巨大な迷宮の中に、大勢の客がひしめいているとはとても思えない。従業員すらも、どこかの怪物の胃の腑《ふ》に飲み込まれてしまっているのではないか。朝になると、再び吐き出されて、わらわらとホテルの中に溢《あふ》れ出てくるのではないか――

彼の重い身体とは裏腹に、『ヘイスティングス』は踊るように廊下を進んでいった。今では彼の身体の方が引きずられているかのようだ――『ヘイスティングス』が性悪なのは、ただきしんだりコースを外れたりするからだけではない。

ふと、彼はワゴンの後方左下から、何かが廊下に点々と落ちているのに気が付いた。

血？

ぎょっとして、床にかがみこむ。ワゴンを止めてよく見ると、少し傾いたローストビーフの皿からグレービーソースがこぼれて、ぽたりぽたりとワゴン上部から支柱を伝って床に落ちているのだった。

なんだ。

彼は皿の位置を直すと、ワゴンの隅に置いてあったダスターで丁寧にワゴンと床のグレービーソースを拭《ぬぐ》った。

再び進み始める。

『ヘイスティングス』が性悪なのは、ただきしんだりコースを外れたりするからだけではない。

いつのことだったろう——明るい朝の廊下だった——ざわざわと出発前のお客たちが行き交う華やいだ時間。従業員たちも、忙しくにこやかに動き回っている。あの時はバンケットルームに皿を運んでいた。明るい朝の陽射《ひざ》し。バンケットルームに向かう長い廊下で、彼はふと、ワゴンの前に何かが引っ掛かっているのに気付いた。なんだあれ？

手だった。

小さな爪《つめ》のついた子供の手が、ワゴンの前につかまっている。

悪戯《いたずら》か？

そっと身体をずらしてワゴンの下の段をのぞいたのと、「急いでくれ、準備が遅れてるんだ」と、バンケットルームの先輩に呼ばれたのは同時だった。が、彼は見ていた。ワゴンにつかまっていた子供の手に続く身体があるはずのそこは、何もない素通しで床が見えた。何かの見間違いだ、とその時は仕事に意識を集中したのだが。

こんな話を聞いたこともある。先輩の一人が、やはり深夜のルームサービスで、スイートルームの近くを通った時に、急にがりっという音がして、ワゴンが止まってしまった。ほんの一瞬のことで、すぐにまた動き始めて仕事を終えたのだが、料理と酒を届けて空いたワゴンを運び始めて、ふと、ワゴンの隅に付いている傷に気がついた。

歯形がついていた。

堅いワゴンの金属をえぐるように、円形の歯形がついていたのである。

ワゴンを押しながら、彼はそっと、その歯形が付いたとされている場所に目をやった。今では削ってならしたような、かすかにでこぼこした跡があるだけで、歯形と思《おぼ》しきものはうかがえない。もしかすると、本当は先輩の誰かが、どこかにひどくぶつけて破損したことをごまかすために作り出した話かもしれない。

だが、あの手は？

頭の中で、別の声が彼に問い掛ける。彼は慌《あわ》てて自分に返事した。悪戯坊主《ぼうず》が、ぱっとワゴンにつかまってすぐに逃げてしまったのさ。きっとそうさ。

その時、ぴしっと何かの音がして、顔にかすかな痛みが走った。

はっと夢想から醒《さ》める。

なんだろう、今の？

彼はきょろきょろした。ワゴンが何かを踏んづけて跳ね上げたらしい。頬に当たったのは小さなものだった。少しの間床を見回したが、それらしきものは見つからない。

ぼんやりしていないで、急がなければ。

気分を引き締める。動き出すワゴン。

低いゴーッという音が加速する。

が、しばらくして、また、ぴしっ、ぴしっ、という鋭い音が響いた。

床を見ると、何か白いものが散っている。

彼はワゴンを止めて、そっと床にかがみこんだ。

自分の鈍い影の中に、小さな半月形のものがぱらぱらと落ちていた。

恐る恐る手を伸ばして、その一つを拾う。

爪だ。切った爪だ。

不意にゾッとして、ぱっとそれを捨てた。ゴミを見つけたら拾うのは鉄則だが、彼はどうしてもそれを再び拾い上げる気にはなれなかった。

なんでこんなところに？

激しい嫌悪感《けんおかん》を覚えながら、彼はもう一度床に散らばっている爪を見た。

きっと——きっと、飛び散り防止のついていた爪切りを誰かが持っていた。たまたまその爪切りから、中に溜《た》まっていた爪が落ちてしまったのだ。恋人との夜を過ごす前に、伸びた爪を切っておこうと――なんで、切った爪がこんなにたくさん落ちているんだ？

どうみても、一人や二人の量ではない。

ワゴンを強く押した。羽根のように軽いワゴン。廊下の奥へ奥へ。

もう深夜だ。こんなところを歩くお客なぞいやしない。清掃担当者に任せておけばいい。それよりも早く料理を届けなくちゃ。

最近辞めてしまった、彼と年の近かった若い女性従業員の話が突然浮かんだ。

かつて人間の身体に付いていたものって、身体を離れると、どうしてああもおぞましいのかしら。髪の毛だって、恋人の頭についていればとても愛《いと》しいのに、離れてしまうとあんなに嫌なものってないわよね。

彼女の話はこうだった。ある日、客の出た部屋に入って何気なく枕《まくら》を持ち上げたら、シーツが黒くなるほど大量の髪の毛がごっそり落ちていて飛び上がったのだ。枕の下だけではない。毛布の下にも、ソファのクッションの下にも――

あの爪は？　あの切った爪はいったい。

ワゴンは長い廊下を進む。

もうすぐだ。あの角を曲がってすぐの部屋だ。この四皿のローストビーフを届けたら、急いで戻ろう。余計なことを考えてはいけない。

ゴーッという低い響きを上げて、ワゴンは進んでいく。

ワゴンに違和感があった。

ぱきん、と澄んだ音。

惑わされるな。早くこの仕事を終わらせろ。

彼は前を向いたまま、ワゴンを押し続けた。いつ果てるとも知れぬ廊下。灰色のような夢の続き。墓標のような扉の群れ。永遠にワゴンを押し続ける男。世界の中心、悪夢の中心に向かって。

ぱきん、ぱきん。

ワゴンががたがたと揺れる。何かが足元で砕け、壁に、床に散る。

彼はワゴンを止めた。世界は静寂に包まれた。

目を見開いて、床を見る。

床に白いかけらが転がっている。

一歩一歩、息をひそめてそれに近付く。

ワゴンの前方に、白いブツブツしたものがバラリと落ちていた。

最初、彼はトウモロコシの粒かと思った。

しかし、そうではなかった。

歯だ。抜けた歯や、折れた歯が、廊下に大量に落ちているのだ。

彼は声にならない悲鳴を上げた。それは、柔らかな天井に、壁に、絨毯《じゅうたん》に、音もなく吸い込まれていく。

彼はワゴンに飛び付いた。『ヘイスティングス』よ、**進め**。俺をここから連れ出してくれ。『ヘイスティングス』は、彼の悲鳴に応《こた》えるかのように楽々と進んだ。足元で、踏まれた歯の砕け散る音が花火のように響く。足や、袖《そで》や、銀の蓋《ふた》に歯のかけらがぶつかる。

廊下の角を曲がる。『ヘイスティングス』は軽やかにカーブをこなした。

あそこだ。あの部屋だ。

彼は大きく溜息《ためいき》をついた。

目的の部屋の前でワゴンを止める。

落ち着け。落ち着け。疲れているだけだ。早く届けてスタッフルームに戻るのだ。

深く息を吸い込み、ドアをノックする。

「ルームサービスでございます。たいへんお待たせいたしました」

思ったよりも落ち着いた声を出せた。声を出したことで、呪縛《じゅばく》が解けたような気がした。

やれやれ。深夜のホテルの中を歩いていると、ろくなことを考えない。

「どうぞー」

涼しげで美しい女性の声が答えた。

「おなかすいたよぉ」

甲高い子供の声。

彼はますますリラックスした。

子連れの女性か。いかがわしいカップルよりはよほど気が楽だ。

「では、失礼いたします」

彼はそう言って、ふとドアのノブに目をやった。

次の瞬間、その視線が凍り付いたように止まる。

ドアに、刷毛《はけ》でこすったような血の跡があった。

視線がドアの隙間《すきま》を舐《な》めるように上下する。

まるで拙《つたな》い絵筆を無造作に走らせたかのような、かすれた血の跡がドアのあちこちに。

じんわりと背中に冷や汗が浮かんできた。

足が何かを踏んだ。堅い異物感。

歯は、ここにも落ちていた。このドアの前にもひとかたまり、ぱらぱらと。まるで、
この部屋に入った誰かが落としていったかのように。

バレンタイン・デーの深夜の親子連れ。真夜中にローストビーフ四皿を頼んだ女と幼児。

「いま、開けまーす」

軽やかな声が、だんだんドアの向こうに近付いてきた。

カンヅメ奇談

綾辻行人

1

ずっと昔……まだ小学生の、十歳になるかならないかの頃だったと思う。

誰かに連れられて、市内のとあるホテルに泊まったことがある。雨に濡《ぬ》れた水彩画めいて全体がひどく滲《にじ》み、部分部分の色が溶け落ちていたりして、ややもすると存在自体が疑わしくなるような遠い記憶ではあるのだが――。

「こういう古いホテルには、秘密がたくさんあるものなんだよ」

誰かが私に向かって云った言葉のいくつかがなぜか、今でもときおり耳に蘇《よみがえ》ってくる。

「どんな秘密か、分かるかな」

この「誰か」とは、私の大叔父《おおおじ》だった。父方の祖父の弟に当たる人物、である。

彼は一族でも変わり者で通っていて、生涯結婚もせず子ももうけず、世間並みの親戚《しんせき》付き合いも持たなかった。のちに知ったところでは、かつては何かの研究所に勤めていたのを急に辞めてしまい、あとは国内外を放浪するような生活を送っていたのだとか。

そんな大叔父だったが、どういうわけか私のことはずいぶん可愛がってくれたらしい。

そう聞かされても私には、少し嗄《しわが》れた声の色と、白毛まじりの髭《ひげ》を生やした顔のぼんやりした輪郭程度しか思い出せないのだけれど。そして——。

たぶん、冬休みか春休みのある日のことだったと思う。大叔父が私を、あのホテルへ連れていったのは。いったいどんな経緯があってそうなったのか、前後の事情はまるで記憶にない。

古都と呼ばれるこの町でも、最も古くて由緒ある高級ホテルだった。迎賓館として使われていた歴史もある。華兆山《かちょうざん》の山麓《さんろく》に接して広大な敷地を持つが、それでいて市街にも程近い。永安《えいあん》神宮や池崎《いけさき》公園にも近い。遠くから望むと、小高くなった山裾《やますそ》から町を見下ろしている古城めいた風情で、Q＊＊ホテルという正式名称とは別に〈坂《さか》の上《うえ》ホテル〉の異名があったりも……と、これらはのちになって得た知識である。

その日のその夜、そのホテルの一室で私は大叔父とともにどんな時間を過ごしたのか。だいたい彼は、どうして私をそんなところへ連れていったのか。——いくら記憶を探ってみても、思い出せない。泊まったのは二間続きの豪華な客室で、あんなにふかふかのベッドで寝たのは生まれて初めてだったこと、くらいしか。

あとはあの夜、大叔父が云った言葉のいくつか。

「このホテルの〈本館〉は昭和の初期、とある米国人の建築家に依頼して設計させたものので……」

確かそう、そんなふうにも聞かされた憶《おぼ》えがある。私に向けられたあの時の彼の目は、そう云えば何だかとろんと濁っていて……。

「さて、どうかな。ここにはどんな秘密があるのだと思う？」

2

気配を、ふと感じた。——ような気がして、はっと微睡《まどろ》みから覚めたのである。

誰か……いや、何かの、ひんやりとした妖《あや》しい気配が。

そう意識したとたん、ぞぞっ、とした。両の二の腕が少し粟立《あわだ》っていた。

「何か」とはしかし、いったい何だというのか。

この場所に今、自分以外の何かがいるはずはない。いるはずがないものの「気配」を感じることなどありえないわけで、なのにそれを「感じた」というのはもちろん、気のせいに決まっている。——そう。もちろん気のせいだ。

なるべく淡々と己に云い聞かせながら、椅子の背もたれから上体を剝《は》がした。眼前のデスクに置かれたノートパソコンはスリープ状態になっている。坐《すわ》ったまま、いつのまにかうとうとしていたようだった。

東京で滞在中のホテルの一室、である。

今日でもう一週間になるが、チェックイン以来、一度も外を出歩いていない。館内のコーヒーハウスへ行く以外、ほとんど部屋からも出ていない。基本的にはここに閉じこもりの日々、なのである。接触のある人間はホテルの従業員と、毎日この部屋まで原稿を取りにくる担当編集者の秋守《あきもり》氏だけ。——普通に考えて、あまり健康的な状況とは云いがたい。

　だから、だろうか。こんな妙な感覚に囚《とら》われてしまうのは。

「ぞぞっ、とした」とはすなわち、〝恐怖〟を感じたがゆえの身体的反応だろう。——怖いのか？　怖がっているのか、私は。——何を？　まさか〝幽霊〟のたぐいを……いや、まさか。

　ホテルに一人で泊まるのは怖い——と、大真面目に訴える知人が何人かいる。彼らはこぞって、夜中に何か（ありていに云って幽霊）が出る（あるいは出る予感がする）から、と云うのだけれども、私は元来、そのようなものの存在をまったく信じていない。だから、ホテルに泊まってその種の恐怖を感じた経験など、ついぞなかったのである。

　ところが、今……。

　明りの点《つ》いた室内を、そろりと見まわしてみる。

　都内のシティホテルにしてはかなり広々とした部屋に、キングサイズのベッドが一台。大理石の小円卓を挟んで、一人がけのソファが二つ。テレビが置かれたアンティーク調の木製ボードが一つ。庭園に面した窓のカーテンは開けてある。……何も変わったところはない。

浴室とトイレを覗《のぞ》いてみた。造り付けのワードローブの中も、ついでに。——しかしどこにも、何者の姿もなかった。当然である。やはり単なる気のせい、か。

「やれやれ」

わざと声にして呟《つぶや》いた。

「疲れてるんだな」

時計を確かめると午前三時前だった。今夜はまだ、ここで休んでしまうわけにはいかない。気分転換にシャワーでも浴びようか。

ああ……それにしても。

のろのろと浴室に向かいながら、今度は声には出さず呟いた。

さっきのでいったい、何度めだろう。

3

前々から某社と執筆を約束していた「特別書き下ろし長編」の原稿の進捗《しんちょく》が非常に思わしくないものだから、業を煮やした担当の秋守氏が、「久々にカンヅメ、やりますか」と云いだしたのである。私は私で相当に危機感を覚えていたので、腹を括《くく》って「やってみましょうか」と応じた。

——といった次第で、先週末には地元を離れて上京し、このホテルに入った私なのだった。九月も半ばを過ぎた時期のことである。

「カンヅメ」とはつまり、作家をホテルや旅館の一室に閉じ込め、〝原稿を書くしかない環境〟に置いて書かせる、という昔からのシステムである。この間の諸費用は原則として出版社が負担し、そうやって作家にプレッシャーをかけつつ、毎日のように編集者が原稿を取り立てにくる。

作家によっては、それでも原稿を書かずにカンヅメ場所から脱走する強者《つわもの》もいるらしいが、私などは根が小心者なので、そんな真似はしない——と云うか、できない。結果、相応に執筆は捗《はかど》るわけだけれど、代償として、身体的および精神的に相応の消耗を強いられることになる。

かれこれ二十年以上もこの仕事をしているので、このようなカンヅメの経験は幾度かあった。が、ここ十年ばかりはそういう機会もなくて、今回は本当に久々だったのである。

そのせいも、やはりあるのだろう。

かつてないほどの重圧をいきなり感じてしまって、いくら閉じこもって集中しようとしても、なかなか考えが進まない、まとまらない。書きたい場面、書かねばならない場面にふさわしい言葉がうまく浮かばない。無理に書いても納得のいく文章にならない。全体の論理的整合性に大きな疑問が出てきたり、細部の粗がことさら気になったりもする。長編本格推理小説《ミステリ》の、物語も四分の三を過ぎて、そろそろクライマックスを迎えようかというあたりだというのに……。

初日から三日めまでは特にひどかった。それでもどうにか日に数枚ずつは書き進めて、秋守氏にその原稿を渡して……四日めにしてようやく、一日の執筆枚数が十枚を超えるようになってきたのだが。

その頃から、だったと思う。

夜中にふと、何の脈絡もなくこんな、あらぬものの気配を感じるようになったのは。

4

この世に幽霊などいるはずがない——というのが、長らく本格ミステリの創作を生業《なりわい》としてきた私の信ずるところなのである。不思議な出来事に遭遇して、ときとして気持ちが揺らぐ局面もないではないが、基本的な考えは変わらない。

「この世に不思議なことはあるものです」

と、これはいつだったか、地元で世話になっている深泥丘《みどろがおか》病院の主治医、石倉《いしくら》（一）医師の口から聞いた言葉。

「この世に不思議なことはあるものです。しかしね、その中に幽霊は含まれない」

きっぱりとそう云って、医師は左目を隠したウグイス色の眼帯を撫《な》でていた。

「いたら大変ですよ、幽霊なんてもの……」

ただ、別の機会に医師は、こんなふうにも語っていた気がする。

「この世に不思議なことはあるものですが、その中に幽霊は含まれない。——ええ。そのとおりですね」

そうしてやはりきっぱりと、こう云った。

「ただしそれは、ヒトの幽霊についての話ですので」

ヒト以外のものの幽霊は存在する——というのが、その際の医師の主張だった。どうしてそんな話になったのか。何かそれなりの出来事があったように思えるのだが、このあたりの私の記憶は例によって曖昧模糊《あいまいもこ》としていて……。

……と、そんなあれこれを思い出したりもしながら、私は浴室のシャワーブースに入ったのである。

熱めの湯を頭から浴び、まとわりついてくるあらぬものの気配を振り払うよう努めた。

そう云えば昨日は、こうして深夜にシャワーを使っている最中にふと、妙な気配を感じてしまったのだった。急に異様な冷気が足許《あしもと》から這《は》い上がってきたような気がして、同時に何かかすかな異音が、ちちち、どこかから聞こえてきたような気も……ちちちち、ち。

驚いてシャワーを止め、耳を澄ましてみたのだが、異音はもう聞こえなかった。冷気も感じられなくなっていた。

理性的に判断するならば、やはりあれも単なる気のせいだったことになるが……ちち、ちちち。

シャワーブースから出てバスローブに腕を通し、何となく鳩尾《みぞおち》のあたりをさすりながら私は、洗面台の大きな鏡に目をやる。

鏡に映った顔が一瞬、何だか自分のものではないように思えた。久々のカンヅメ生活によるストレスのせいだろう、いやに顔色が蒼白《あおじろ》く、頬が痩《こ》けて見える。

考えてみればチェックイン以来、食事は日に一食しか摂《と》っていない。しかもルームサービスのサンドウィッチばかり。ホテル内のレストランへ足を運ぶほどの食欲は湧かず、コーヒーハウスへ行ってもコーヒーばかり何杯も飲むだけだった。

こういう時、酒好きならば酔って気を紛らわせるなり、高揚させるなりするのだろうが、あいにく私はたいそうアルコールに弱い。下手に飲むとすぐ気分が悪くなったり、眠ってしまったりするから……。

「やれやれ」

と、今度は無意識のうちに呟いていた。

明日——いや、今日の昼過ぎにはまた、秋守氏が原稿を取りにやって来る。それまでにせめて、あと五、六枚は書き進めておかねば……ああもう、やはりこの年齢になってカンヅメなど無謀であったか。身体にも精神《こころ》にも良いわけがない。だから一昨日以来、幾度もこんな、あらぬものの気配を……。

深々と溜息《ためいき》をつきながら浴室から出た。

そのとたん、だった。

部屋の照明がいきなり、すべて消えてしまったのだ。

5

「こういう古いホテルには、秘密がたくさんあるものなんだよ」

遠い記憶の、大叔父のあの言葉がなぜか耳に……。

「どんな秘密か、分かるかな」

そう云えばそう、あの夜を最後に彼とは会っていない。一度もその後、会うことがなかった。——ような気がする。

6

突然の暗転に驚き、思わず「ひっ」と声を洩《も》らしてしまった。

停電、なのか。

手探りで電灯のスイッチを見つけて、幾度も押してみる。が、明りは点かない。耳を澄ますと、さっきまでは聞こえていた空調や換気扇の作動音も消えている。

やはり停電、か。

開いたカーテンの向こうの、広いガラス張りの窓から、仄《ほの》かな光が射し込んでいる。徐々に暗闇に慣れてきた目で、その光を頼りに窓辺まで移動した。

地上六階の窓、である。

ロックを外せば申しわけ程度の隙間ができて、生ぬるい外気が流れ込んでくる。眼下には庭園の森が広がっているのだけれど、そこに光は一つも見えない。庭園灯のたぐいもすべて消えてしまっているのだ。射し込んできているのは空からの、わずかな星明りなのだった。

上京時にはときどき利用する宿だった。

某区の高台にあるF＊＊ホテルという老舗《しにせ》ホテルで、落ち着いた風情と閑静な立地環境は都内でも随一だろう。敷地の多くを占めた広大な庭園にはゲンジボタルが棲息《せいそく》していて、初夏の一時期には毎年、儚《はかな》くも美しい光の舞が楽しめる。——のだが、季節はもう秋の初め。今年の成虫たちはとうに死に絶え、外灯の消えた庭園の森にはひたすら深い闇だけがうずくまっている。

窓辺に立ったまましばらく時間を過ごしたが、いっこうに照明は蘇らない。だんだん不安になってきて、デスクの隅に置かれた電話機に手を伸ばした。フロントにかけようとしてみたのだが、これも停電の影響なのだろうか、電話はまったくつながらない。

ナイトテーブルの下部に備え付けの懐中電灯があったはず、と思い当たった。そこで私は、それを探り出して点けたのである。

すると、その時。

ず、ずずず、ず……と、部屋のどこかで物音がした。

ぞぞっ、とした。〝恐怖〟を感じたがゆえの身体的反応である。――何だろう。何なのだろう、今のは。

弱々しい懐中電灯の光線を巡らせてみて、まもなく私はそれを見つけた。

部屋の奥の、向かって左側の壁。そこにあるドアが開いているのだ。チェックインした時からずっと、施錠されて閉め切られていたはずのドアなのに。

7

本来は二間続きのスイートを、間のドアを閉め切って普通の客室として提供するケースが、こういうホテルでは珍しくない。この部屋はそれなのか――と、最初の日に奥の〝開かずのドア〟を見つけて了解していたので、とりたてて気にもしていなかったのだが。

ああ、そう云えば――と、ここで私は今さらのように思い出す。

今回滞在しているこの部屋は、初めて案内されたこのホテルの〈旧館〉の一室、なのだった。内装や調度は〈新館〉の客室と大差がないので、部屋に閉じこもっているとついつい忘れてしまいそうになるのだが。

いつも泊まる〈新館〉のほうが、複数の団体客の予約で大変に混み合っているらしい。カンヅメのための長期滞在で、場合によっては数日の延泊が必要になるかもしれないというこちらの事情を斟酌《しんしゃく》して、ならば――とホテル側が用意してくれたのが、通常はあまり稼動させていない〈旧館〉の、この客室だったのである。団体客がいると何かと騒がしいので、という気遣いもあっての提案だったのだろう。

「作家さんのカンヅメというのも、最近では珍しくなりましたねえ」

チェックインの際、わざわざ挨拶《あいさつ》にきてくれた初老の支配人が、そんなふうに語っていた。

「その昔はもっとしばしば、ご利用があったと聞いております。〈新館〉ができます前は、特に……」

F**ホテルの〈旧館〉は、玄関とメインロビーがある〈新館〉とはトンネルめいた長い渡り廊下でつながっていた。これまで立ち入ったことのない、建物一階の奥の奥にその入口があった。

「何せ古い建物ですので、もう取り壊しを、という声もあったのでございます。ですが、昭和初期に建てられた貴重な文化財であるとの観点から……」

得々と語る支配人の風貌《ふうぼう》は、年恰好《としかっこう》も違うし眼帯もしていないが、どことなく深泥丘病院の石倉医師に似ていた。――ような気がする。

「数年前に思いきった改修をいたしましたので、設備などは〈新館〉とほぼ変わりません。ご不便はないはずですので」

「昭和初期の建物、なのですか」

私の何気ない問いに、支配人は「ええ」と頷《うなず》いてこう答えた。――ような気もする。

「何でも当時、米国はマサチューセッツ州出身の著名な建築家が設計したものだそうでして……」

案内されたのは六階建ての最上階の一室で、手渡されたカードキーには【Q－606】という部屋番号が記されていた。

8

そして私は、開いたそのドアの向こうに足を踏み入れてみたのである。

無視することはどうしてもできなかった。

なぜに今、このドアが勝手に開いたのか。この向こうには何があるのか。……「気にするな」「やめておけ」という心中の声に抗《あらが》って身体が動くのを、どうしても止めることができなかった。

ドアの向こうは暗闇だった。差し向けた懐中電灯の光がすべて、力を奪われて呑《の》み込まれてしまうような、濃密な。

恐る恐る一歩、二歩、と進んだ時――。

ゆらっ

と、眩暈《めまい》を感じた。闇に弄《もてあそ》ばれるかのように、軽く一度。さらに一歩、足を踏み出したところで、

ゆらっ……ゆらあっ

と、二度。

強く頭を振り動かしてそれを払おうとした私だったが、その刹那《せつな》、ふっと懐中電灯の光が消えた。

電池が切れた？

焦る気持ちを抑えつつ、歩みを止めて背後を振り返った。――ところが。

入ってきたドアが、見えない。完全に闇に閉ざされてしまい、その所在が分からないのだ。窓から射し込んできていた星明りの仄かな光すら、どこにも……。

たとえ見えなくても、引き返せばすぐそこにドアはあるはずだった。――のだが。

私はその選択をせず、消えた懐中電灯を握りしめたまま、暗闇の中を前へ進むことにしたのである。好奇心ゆえに……いや、それだけでは説明しきれない、自分でもしかと理由の解せない衝動に駆られての動きだった。

ぐらあああっ

という激しい眩暈に襲われたのは、その数瞬後である。たまらず私は膝《ひざ》を折り、あえなくもその場にくずおれてしまい……。

…………

…………

……ようやく眩暈が去って身を起こすと、状況に微妙な変化が生じていた。さっきまでの暗闇がわずかに薄まり、室内の様子がかろうじて見て取れるのである。

懐中電灯を握り直した。だめもとでスイッチを押してみると、点いた。電池切れではなかったのか。しかし、なぜ……。

疑問は山ほどあったが、一つ一つをちゃんと考える余裕もなく――。

蘇った光を巡らせながら、私はおっかなびっくりで歩を進めた。部屋には五、六人でもゆったりと使えそうなソファセットがあり、隣室よりも広いデスクがあったが、ベッドは置かれていない。

スイートのリビングルーム、か。

いったんはそう了解したのだが、すぐさま「いや、待て」と心中で呟いていた。

それにしては、何だか変ではないか。何だかこれは――この部屋は……。

どこがどのように？　という細かな観察や比較ができたわけではない。そんな気持ちの余裕も、やはりなかったから。だが、しかし――。

違う、と感じたのである。

ここは違う。

この部屋は違う。

さっきまでいた隣の客室とは、何と云えば良いか、空気が違う。性質が違う。組成が違う。――ような気がして。

私はいくぶん動きを速めつつ、窓の手前に据えられたデスクに歩み寄った。懐中電灯の光が、卓上の電話機を捉《とら》えた。

「ああ……違う」

私は混乱せざるをえなかった。

電話機の形状が、隣室のそれとは明らかに違っている。プッシュ式ではなくて、今やすっかり見かけなくなったダイヤル式なのである。さらに――。

「……4、4、9」

ダイヤルの中央に貼られたラベル。そこに並んだ数字を読み取って、私の混乱は決定的になった。

隣室の部屋番号は【Q－606】なのだ。〈旧館〉の六階六号室。なのに、ここは【449】？　四階の四十九号室？　そんなことが、いったい……。

さっぱりわけが分からなかった。

あまりの気味悪さに耐えかねて、私は入ってきたドアのほうへと踵《きびす》を返す。恐ろしく濃密な闇が、そこには立ちはだかっていた。もうここからは退散したくて光を投げかけるが、その闇は少しも払われることがない。それどころか光を吸収してみずからの一部に転化させ、じわじわと膨れ上がってくるようにさえ見える。いったいこれは……。

おろおろとさまよわせた視線が、デスクの向こうの窓に引き寄せられた。

カーテンの引かれていない、ガラス張りの……ああ、この窓も違う。明らかに隣の部屋とは造りが違っていて、見ると外にはヴェランダがある。開ければそこに出られるようになっている。

膨れ上がってくる闇が怖くて、私はとっさにその窓を開けた。

逃げるようにしてヴェランダへ出た。

出た瞬間、外気の冷たさに驚いた。

息が見る見る白く凍った。秋の初めではない。まるでこれは、真冬の……。

フェンスの手すりに胸を付けて、私は空を振り仰ぐ。流れる雲間からその時、月影が覗いた。赤茶けた妖しい光を発する、弓のような三日月が……そして。

月光が照らし出した風景。

ああ、これも違う。

まったく違う。

隣室の窓から見えたホテルの庭ではない。見えるのは庭園の森ではなくて、長々と連なる高い土塀と、その外に立ち並んだたくさんの……あれは？　――あれはそう、墓石ではないか。あの土塀の向こうは墓地、なのか。そんな……。

幻覚のたぐいかと思い、私はふたたび空を仰いで幾度か強く瞬《まばた》きをした。墓地がある（ように見える）方向を意識的に避けて、別方向へ目を転じる。すると――。

右手斜め前方、だった。

遠くに何か、巨大な建造物の影が見える。月明りのおかげで、赤く塗られたその色も見て取れるが……あれは？　――あれはそう、鳥居ではないか。私が知る東京の、F＊＊ホテルの近辺にはあるはずのない、巨大な赤い鳥居の影が……。

……ここは。

こ、ここはいったい、どこ、なのだ？

と、ようやく私はみずからに対してそう問いかけた。問いかけた時点でしかし、もはや答えは分かっていたようにも思う。

ここは滞在中のF＊＊ホテルではない。い、いや、東京ですらない。現実的に考えて絶対にありうるはずのない話だけれど、もしかしたらここは……。

ひょう

と、とつぜん異様な何かの〝声〟が夜気を震わせた。

ひょおぅ
何だろうか、正体不明の動物が発する鳴き声のような不気味な響きが、どこか遠くから……いや、そんなに遠くではないのかもしれない。どこかそう、意外にこの近くから。

ひょぅ、ひょおおおおおぅ……

「さて、どうかな」

鳴き声に重なって、遠い記憶のあの言葉がまた耳に蘇ってきた。

「どんな秘密か、分かるかな」

9

寒さと恐れに身を震わせながら、室内に戻った。

部屋全体の闇の濃度が、さっきよりも増しているように思えたが、いつのまに取り落としてしまったのか、右手に握っていたはずの懐中電灯がなくなっている。窓から射し込むわずかな月光だけが、かろうじて視力を支えてくれていた。

私はデスクに駆け寄り、電話機の周囲を探った。客室に備え付けのメモパッドがあるはずだった。やがてそれを見つけると、取り上げて窓辺に引き返す。月明りに当てながら、懸命に目を凝らしてみた。そして――。

私は読み取ってしまったのである。

メモパッドの黒い革表紙の隅に並んだ、小さな銀色の文字を。――「Ｑ＊＊ホテル」という。

「やはり」と「まさか」が激しくぶつかりあい、精神《こころ》が悲鳴を上げそうになる。

やはりここは、滞在中のＦ＊＊ホテルではないのだ。むかし大叔父に連れていかれたＱ＊＊ホテルの、ひょっとしたらあのとき彼と泊まったあの客室の……いや、まさか。

まさか、そんなことが起こりうるはずが……。

雲がふたたび月を隠したのだろう、窓から射し込む光がすうっ、と消えた。文字どおりの暗闇が、竦然《しょうぜん》と立ち尽くした私を包む。

何も――本当に何も、見えなくなった。

視力と同時に方向感覚も奪われてしまい、入ってきたドアがどこにあるのかも分からない。だいたいの見当すらつかない。

〈ブリザードＱ〉を浴びて凍ったムカデさながらにその場から一歩も動けない、そんな状態が何秒か続いた時――。

気配を、ふと感じたのである。誰か……いや、何かの、ひんやりとした妖しい気配を。

深い闇の奥から、ひた、ひた、と音がした。

ひた、ひたた……と、何やら水の滴《したた》りのような。いや、そうじゃなくてこれは、水を滴らせながら歩く何ものかの……。

「さて、どうかな」

遠い記憶の言葉が、また耳に。

「どんな秘密か、分かるかな」

――と、ここに至ってようやっと、私は思い出したのだった。

あの夜を最後に私は、大叔父とは会っていない。一度もその後、会うことがなかった。それはつまり、あの夜を最後に彼が消えたから。忽然《こつぜん》と行方をくらましてしまったから。だから……。

七年後にはそして、失踪《しっそう》宣告による死亡認定が下されたのである。大叔父は死んだ、ということになった。その後、彼の葬儀が行なわれたのかどうかは知らない。彼の墓がどこにあるのかも、私は知らない。

ひた

闇の奥から音が、だんだんとこちらへ近づいてくる。

ひた、ひたた……

かすかに嫌な臭《にお》いを感じた。何だか古い魚のような、生臭い……。

全身の皮膚が激しく粟立っていた。

もはや一刻も早く、ここから逃げ出したかった。なぜなのかは分からないが、とにかく私は決して来てはならないところに迷い込んでしまったのだ。

早く逃げなければ。

ここから脱出しなければ。

さもなければ私は……ああ、しかし。

私は動けない。真っ暗闇の中にただ、立ち尽くすしかない。

光が欲しい、と切実に思った。

どんなにわずかでもいい。せめて、ほんの少しでも何かが見えれば……。

その願いが通じたかのように、その時。

蒼白い小さな光が、音もなく眼前を横切ったのである。

思わず「あっ」と声を上げ、光の動きを追った。

ゆっくりと明滅しながら、ゆらゆらと闇の中を飛んでいる——それが、気づけば他にも二つ、三つ……全部で四つ。

「……ああ」

ささやかな驚きとともに、私は悟った。

「ホタル、か」

F**ホテルの庭園に棲《す》むホタルが、私と同じようにあのドアからこちらへ迷い込んできて……。

四つの小さな光は緩やかにもつれあいながら、つぃー、つぃぃーっ、と一つの方向へ飛んでいく。闇の奥から近づいてくる何ものかを忌むように。「ほら、こっちだよ」と私を招くように。

　季節はもう秋の初め。今年の成虫はとうに死に絶えているはずなのに……と承知しつつも、私はすがる思いで彼ら（――ホタルの、幽霊？）のあとに続いたのである。

10

　――という話をこの日の昼過ぎ、部屋を訪れた秋守氏にしたところ、彼は私の大真面目な顔を心配そうに覗き込んでこう云った。

「うーん。寝不足が続いているんですよね」

　そんな悪夢を見たんですね、という意味なのだろう。

　まあ、しごくもっともな反応である。――と思いながらも、私は「いやあ」と首を振って、

「ちゃんと起きていて、意識もはっきりしていたんだけど。で、確かにあの時、あのドアが……」

　部屋の奥の例のドアを見やる。それはしかし、今朝ベッドで目覚めた時にはもとどおり鍵《かぎ》が掛かり、閉め切られた状態に戻っていたのだった。

「ちょっと根を詰めすぎなのかもしれませんね。原稿ももちろん大事ですが、ここで倒

れられたら元も子もありませんからねえ」

受け取った数枚の原稿を鞄《かばん》に入れながら、秋守氏は云った。

「ずっと閉じこもりで、運動不足なのも良くないんですよ。きちんと食事をして、気分転換にホテルのプールで泳いだりもしてみては？」

うう、何と優しい担当編集者であることか。——と感じ入る私だったが、「ホテルのプール」という言葉を聞いてこの時、なぜかしら落ち着かない気分にもなったのである。

ひた、と音が聞こえた。古い魚のような臭《にお》いが、ほんのかすかに漂った。鞄を持って立ち上がった秋守氏の目が、柔和な笑顔の中でそれだけ、何だかとろんと濁っている。

——ような気がした。

螺旋階段

北野勇作

オーディションには、最終まで残って結局落ちた。今回もそうなるのではないかと思っていた。おりしも街はバレンタインデー。合否電報にするなら、チョコモラエズ。おまけに雪も舞っている。積もりそうもない中途半端な雪。寒いだけの。

とくに難はないんだけど、いまひとつの存在感というのがね。

やれやれ、またそれか。

なんとなく薄っぺらな感じがするんだなあ。頭で創っているというか、肉体が伴ってないというか、演じる人物に血がかよってないっていうか。ようするに、ぺらぺらなんだよな。

紙みたいに、ですか。

紙みたいに、だよ。

いろんなことを言われた。まああいつらはそうするのが仕事だからいろんなことを言うだろうさ。どうでもいい。どうせあんなのたいした映画じゃない。監督は新人だし予算だって少ない。向こうが繰り返し言ってたビデオ化だってかなり怪しいもんだ。

歩きながらそんなことをつぶやいて、でももうこのへんが潮時かな、とも思っている。アルバイト先では、正社員になる気はないかと言ってくれている。いつまでもこんなことをしていられるもんじゃない。わかっている。もうそんなに若くはない。

主任に気に入られていることは知っている。自分に対するときの主任のあの態度。周りの者にもそれはわかっているだろう。あのオッサン、おれに気があるんじゃないか。

彼は笑おうとして、このあいだのロッカー室でのことを思い出してしまい、笑えない。ああいうのもセクハラっていうのかね。

なんにしても、これが正社員になる最後のチャンスかもしれない。もういい年だ。それとも、このままアルバイトを続けながら、展望もなく金にならない劇団活動をやっていくのか。

うんざりだった。

マスコミなんて、などと馬鹿にしたように言う奴。彼の周りには、そんな奴が大勢いる。ほとんどがそうだと言ってもいい。売れたことのない奴のそんな言葉などまるで説得力がないことにそいつらは気がついているのだろうか。

ほんとうにこれが自分のやりたいことなのか。

最近、彼は劇団で芝居をしていても、よくそんなことを思う。もっと大勢の人たちに知られなければ、観られなければ、こんなことをやっていてもなんにもならないのではないか。劇団の公演なんて、ようするに知り合いを掻《か》き集めて客席を埋めているだけで、またその知り合いも同じようなことをやっているから、観に来てもらったという義理でまたそれを観に行かねばならなくなりそしてまた――。公演とはいうものの、結局は趣味の発表会となんら変わらないのではないか。

最近、そんなことばかり考えている。

もうやめにするのか、それとも、このまましばらくは続けるか？

ところで、その「しばらく」というのは、いつまでだ？

気がついたら、そんな出口のない思考の堂々めぐりのなかにいる。周囲もろくに見ないで歩いている。

螺旋《らせん》階段の途中で彼は立ち止まり、声に出して言ってみる。

うんざりだよ。

なにもかも。

＊

そのホテルに泊まると願いがかなうことがあるらしい。

もちろん、ほんとうにそんなことがあるなどと信じてはいない。そんなものは、物語のなかだけ。現実は物語ではない。

それはわかっている。

わかっていて、それでも、人はそんな物語にしがみつこうとするのだ。

このおれ自身がそうなんだからな。

闇のなかで、輝く画面を見つめながら、思わずつぶやいていた。

続けてさえいればそのうちきっとなんとかなる。なんの根拠もないそんな希望にしがみついてきたのだ。

吐き出された人の流れが、エレベーターの前で淀《よど》んでいた。そのいちばん後ろで待っていることが嫌で、そのままあてもなく廊下を歩いた。その突き当たりにあったのだ。

この階段が——。

ここ、何階だったかな。

そんなことを思いながら、今はほとんど使われていないらしい薄暗い空間へと足を踏み入れた。

なぜ今日に限って、エレベーターを待たずにそんなことをしたのだろう。

昼間のオーディションのことで気が滅入《めい》っていた。それはあるだろう。それとも、あの映画のせいだろうか。

階段を下りながら、彼はさっき観たばかりの映画のことを考える。

試写会だった。

『グランドホテル』

それがタイトル。

映画は好きなので、新聞や情報誌にある試写会応募の葉書はまめに出す。たいていは当たる。

子供の頃から、クジ運だけはいい。

ささやかな幸運。

そんな映画の試写会に応募した覚えはなかった。だが、あまり興味を惹《ひ》かれないまま応募葉書を出すだけ出して、そのことさえ忘れてしまったのかもしれない。そういうことはたまにあった。そして、そんな映画のほうが案外拾いものだったりする。

上映時間の数分前に彼は会場に着いた。ぎりぎりに行くと立ち見だったりするのだが、運よく席がひとつ空《あ》いていた。前から四列目、中央通路沿い。彼のいちばん好きな位置。

ささやかな幸運。

あるいは、中途半端な幸運。

客席の空気がいつもの試写会となんとなく違っていることに気がついたのはそのすこし後だ。

なぜこんなに静かなのだろう。

いや、と彼は思い直す。

静かというわけではない。いつもと同じような話し声やざわめきは聞こえている。映画が始まる前の――。

それは変わらない。にもかかわらず、それらすべてが遠くに感じられるのだ。

熱だ。

彼は思った。

熱というものがまるでない。

客席全体が妙にのっぺりしている。均質で平面的なのだ。

ぺらぺらなんだよ。

紙みたいに。

彼の頭のなかにそんなセリフが再現された。

なんの前説《まえせつ》もなく、時間通りに暗くなって映画は始まった。そのことに、彼はすこし戸惑った。

試写会ではそんなことはまずない。そういえば、この試写会への招待葉書にも映画のタイトルと上映時間と場所が素っ気なく印刷されていただけだ。よけいな先入観をあたえまいという主催者側の意図なのだろうか。

なんにしても、唐突に訪れたその闇を、彼は心から歓迎したのだ。

闇。

闇のなかから滲《にじ》み出すようにタイトルが現れ、溶けた。

幕開けは、毒々しいほどの鮮やかな朝焼けだ。古いワインの澱《おり》のように地表近くを漂う霧。その向こうに、物語の舞台となる巨大な建造物の影が現れる。

＊

映画が始まるなり、彼は既視感につきまとわれることになった。

自分はこれを知っている。観たことがある。そんな気がして仕方がない。だが、これは完成披露試写会なのだ。観たことがあるはずがない。

いや、もしかしたら、原作があるのではないか。原作になった小説を読んだことがあるのかもしれない。それとも、古い作品のリメイク。だが、それにしても――。

その感覚は今も続いている。薄暗い階段を一歩一歩確かめるように下りながら、彼は記憶を探る。

埃《ほこり》の積もった螺旋階段。もう長い間、階段としては使用されていないらしい。円筒状の壁に沿ってつけられた階段の中心にはぽっかりと縦穴が開いていて、最初からなかったのか、それとも取り外されてしまったのか、そこには手摺《てす》りすらないのだ。

今ではこのビルの人間もこの階段の存在を忘れてしまっているかもしれない。

それにしても危険すぎないか、と階段を下りながら彼は思う。

こんなふうに関係ない者が入りこんだりすることもあるのだから。

くすんだ空間のなか、彼の靴音だけがくっきり響いていた。まるであの映画のなかで聞いた靴音のように。

そのうち彼は、奇妙なことに気がつく。

その螺旋階段は、どういうわけか他の階には通じていないのだ。ただまっすぐ下っているだけ。

ということは、これは一階までの直通階段なのだろうか。だが、なんのためにそんなものを作る必要があったのだろう。

彼は、階段を取り囲む白い壁をもういちど見てみた。よく見ると後から塗った部分があって、かつてはそこが他の階への通路だったのかもしれなかった。しかし、それならなぜわざわざ塞《ふさ》いでしまわねばならなかったのだろう。

それで初めて、気がついた。

今自分の立っているのとそっくりの場所がさっきの映画のなかに出てきたことを。

なぜ今まで気がつかなかったのか。いったん気がつくと、そのことのほうが不思議だった。

あのホテルにあった螺旋階段だ。

たぶん百年以上前に造られたホテルだろう。石の建物を木造で無理矢理コピーしようとしたせいで生まれた不思議な構造。

そして、世界中のさまざまな時代の様式がでたらめに混じり合った内装。にもかかわらず、そこには奇妙な調和のようなものが存在している。

こんなホテル、いったいどこにあるのだろう。そう思いながら、ついさっきまでスクリーンを見つめていた。

だが、よく考えれば、現実にはそんなものは存在していないという可能性のほうがずっと高いのだ。

現実に存在するいろんな風景や建物やセットが編集作業によって融合されることで初めて、あの虚構のなかに存在することができた。あれは、そんなホテルなのだ。持ち寄られた断片をジグソーパズルのように組み合わせて造られたホテル。多くの映画のなかの風景がそうであるように。

いや、映画に限らず、人間の記憶だって同じようなものではないか。繋がれたり、変形させられたり、切り捨てられたり。

この記憶だって——。

彼は思った。

ほんとうに、おれはこの階段を映画のなかで観たのか。それとも、そんな錯覚を起こしているだけなのか。

あの映画を観ているときに感じた既視感。単にそれがまだ続いているのでは。

さっきから時間の感覚がおかしくなっていることには気がついている。自分の内部を流れる時間と、自分を取り囲んでいる時間とが、ずれはじめている。

いや、時間だけではない。

自分が今何をしているのか。その『今』というのは、いつのことなのか。

試写会のあったビルの螺旋階段を下りている。

それは間違いないはずだ。彼は何度もそうつぶやく。わざわざ自分に言い聞かせなければ、そんなことすらわからなくなってしまいそうだった。

寒い。

井戸のような円柱状の空間。それを囲む壁に沿って螺旋階段はつけられている。中心部は、空《から》っぽだ。

身を乗り出して見上げてみる。

暗い。こんなに暗かっただろうか。

螺旋階段は、空っぽの闇に巻きついた蛇のように見える。

それにしてもこの寒さはどういうことだ。

じつは、さっきから彼はあることに気がついている。だが、そのことを意識から追い払おうとしていた。

怖いから。

そのことを認めるのが怖いのだ。

だって、そんなはずがないじゃないか。

そうつぶやいている。

もしそれを認めると、ほんとうにそうなってしまいそうな気がするのだ。

だから他のことを考えようとする。たとえば、さっきの映画のこと。ついさっきまで、自分が闇のなかで浸《ひた》っていた物語のことを、思う。無理矢理にでも。

主人公はあのホテルなのかもしれない。人間たちは、ただそこを通りすぎていくだけだ。

たとえ、そこにどれだけ永く留まろうとも、結局、そこは誰にとっても仮の居場所にすぎない。その部屋は自分のためのものではなく、たまたまそのとき割り当てられた場所でしかないのだ。死さえも、その人物をそこに留めておくことはできない。

時間と人の流れのなかで、あの建物だけが唯一、確かなものとしてそこにある。

では――、と彼は考える。

もし客がいなくても、あのホテルは存在しうるのだろうか。客が存在しなければ、あのホテルもまた存在することができないのではないか。流れ去る水がなければ、滝というものが存在しえないのと同じように。

映画だってそうだし、演劇だってそうだ、あらゆる表現というものがそうではないか。それを観る者がいなければ、なにも存在しない。観る者と、観られる者。あるときには、観る者が観られる者になったり、観られていた者が観る者になったりもするだろう。現実というものだって、そうではないか。そんなふうにしてこの世界全体が、かろうじて存在しているのではないか。

子供の頃から、彼はよくそんなことを考えていた。

芝居とか演技とかいったものに興味を覚えたのも、そのせいかもしれない。観られることが好きだった。どうせなら、観るよりも観られる側にまわりたい。そう思っていた。そんな子供だった。よく嘘をついたりしたな。注目を集めるために。

最近になって、そんなことを思い出した。このところなぜか、子供の頃のことをよく思い出す。

＊

誰にも観られることのない役者は、はたして存在していると言えるのだろうか。

＊

笑い声。
大勢の笑い声。
グラスのぶつかりあう音。
パーティーだ。
どこかでパーティーが行われている。
ねえ、ほんとうに今夜、何かが起こるのかしら。
女の声。
すぐ耳元で聞こえた。たしかに聞いたことのある声なのに思い出せない。
くどいようですが、お部屋へお戻りになるとき、螺旋階段だけはお使いになりませんように。

低くてよく通る声が言った。

理由くらい教えてくれてもいいんじゃないかね。

それが、あまり気味のよろしい話ではございませんので。

あら、私、そういう話、好きよ。

女が笑う。

話してよ。

いやだ。

聞きたくない。

反射的にそう叫びそうになったが、同時にそれが無駄だということも彼にはわかっていた。もう、聞いてしまったのだ。彼にとって、それはすでに過去のことだ。

そう。ついさっき、映画のなかで語られたその話——。

そこにはもともと螺旋階段ではなく、エレベーターがあったそうです。

もう何度も話したことなのだろう。こなれた口調だった。

戦時中の鉄の供出でそれが取り外されました。そのころにはそういうことがあたりまえだったようで、それはこのホテルとて例外ではありませんでした。

彼は、螺旋階段の途中で、耳をふさいでうずくまっている。

顔を上げる。

誰もいない。

彼ひとり。

さっきからずっと引っかかっていることを思いきって口に出して言ってみる。

なぜ、まだ一階に着かないんだ。

どのくらい下りたのだろう。

螺旋階段を貫く縦穴を覗きこんでみた。

彼は叫びだしそうになる。

終わりは見えなかった。螺旋階段が、闇の奥へとどこまでも続いている。

＊

エレベーターのあった場所には、ぽっかりとあいた縦穴だけが残された。

そんなとき、このホテルをいつも使っていたある外国人――たぶんドイツ人――が、不思議な提案をしたという。

もし自分に任せてくれるなら、鉄を使わないエレベーターをそこに取りつけて差し上げよう。

そのとき、どんな交換条件が提示されたのかは、今となってはわからない。ともかく、当時のホテルのオーナーがそれを呑んだことだけは確からしい。

その外国人によって新しいエレベーターが取りつけられることになった。大きな荷物がいくつも、どこからともなく届けられ、工事が始まった。そして――。

その先はどうも曖昧《あいまい》なのだが、結局のところ、その工事は完成しなかったらしい。なんでも雇われていた者たちが気味悪がって途中で次々に逃げ出したり、行方知れずになったり、小さな事故が重なったり。そして、その外国人もいつのまにか姿をくらましていた。

何が原因だったのかわかりませんが、軍部に引っ張られたとか、その前に逃亡したとか――とにかく、いなくなってしまいました。

はい、たしか、そういう結末になっております。ようするにあれは詐欺《さぎ》だったのではないか、と。でも、私はそうではないと思っているんですよ。と申しますのも、私、ちらりとだけですが、その『エレベーター』を見たのです、この目で。

当時、私はまだ子供でした。ええ、父親が今の私と同じような仕事をしておりましたので、この建物には比較的自由に出入りすることができました。

たしかにそれは動いておりました。電気も使わずにです。そこに取りつけられた螺旋階段を使って。まるで生き物のように。

実際、生きていたのかもしれません。なにやらぬらぬらした巨大な蛇か鰻《うなぎ》のようなものでした。太さが大人の胴体ほどもある長いものが、壁の内側につけられた螺旋階段の上を動いていたのです。あれはいったい何だったのでしょうね。

私は父にその話をしましたが、まともに聞いてはもらえませんでした。それから、入ってはいけない区画に入りこんだということでこっぴどく叱られましたよ。でも、信じてもらえないことは、最初からわかっていたのです。その頃の私は、周囲の人間の目を自分に向けさせるための嘘を、よくつく子供でしたから。ほら、誰にでも、そんな時期があるでしょう。

しかし私、今になって思うのです。ひょっとしたら、父もあれを見たことがあるのかもしれない、と。それであんなに叱ったのかもしれない。

父があんなに取り乱すのを見たのは、後にも先にもあのときだけだったのです。

もしうっかりお客様が迷いこんで落ちたりしたら危険だという理由で、あの螺旋階段への通路がすべて塞がれたのはそのすぐ後のことでした。なにしろ手摺りもついていませんでしたからね。

はい、それなら手摺りをつければいいのでは、という意見はどういうわけか出なかったようで――。そんなわけで、今もあそこへの通路は塞がれたままになっております。

私も、それがいい、と考えております。ええ、そもそもあれは人間が使うために作られた階段ではありませんので。

ところが、そうなっているはずなのに、それが開くことがあるのですよ。そうです、塞がれたはずの通路が、です。

ええ、ときおりそういうことを望まれるお客様がいらっしゃるようで。

ことに、願いがかなうことがあるとされているこんな夜などには――。

彼は階段の途中に座りこんでいる。いつからそうしているのか、彼自身にはもうわからない。

なんとなく、そうではないかと考えていた通りだった。

*

引き返してみたのだ。

だが、いくら上っても、自分が入ってきたはずの通路はなかった。白い壁と、壁に囲まれた螺旋階段がただ続いているだけなのだ。

まるで同じところを回っているように——。

どこまでも階段だけが続いている。

雪だ。

どうりで。

寒いはずだよ。

螺旋階段を貫く井戸のような空間に、雪が舞っている。

雪は、どこからか漏れてくる白い光を反射して一瞬輝き、そして、闇の底へと吸いこまれていく。

同じような光景を、彼はどこかで見たことがあった。いや、どこで見たのかは、もう思い出している。

さっきの映画のなか。

あのグランドホテルのなかで。

雪が吹きこんでくることがあるのですよ。

乾いた、そう、今日降っていたようなあんな乾いた細かい雪です。

隙間などどこにもないはずなのに。

それと同じことなのかもしれません。

そんなふうにして人間も、入れるはずのない場所に入りこんでしまったりするのですね。

そんな声が、これ以上意識に入りこんでくるのを防ごうとするかのように、彼は自分に言い聞かせる。

この階段は、あの映画のなかで使われたものだ。そうに違いない。実際にあるものを使うほうが、セットを組むよりずっと安くつくだろうからな。こういう古い建物の階段を使ってロケするというのは充分考えられる。

だから、ここはあのグランドホテルのなかなどではない。ここは、現実なのだ。

だが、同時に彼は思う。

そんないろんな場所や記憶が集合して出来あがったのが、あのグランドホテルというものなのではないか。どこにも存在しない。だがそれゆえに、あらゆるところに存在するホテル。

いったいそれがいつ造られたのか、そして誰が造ったのか、たぶん、誰にもわからない。

それは、細胞のように分裂し増殖していく。生きている物語。

そして、ときどきこんなふうにして人間を呑みこむのだ。生き物が別の生き物を喰らうように。

もっと大きくなるために。

さらに生き続けるために。

そんなたとえ話さえも、あのホテルのなかで誰かから聞かされたような気がする。

自分はまだ、あの映画を観ているのだろうか。それとも――。

彼はつぶやいていた。

どちらにせよ、あのホテルにいることは間違いないだろう。

いつのまにかチェックインしてしまったのだ。そして、今、あの禁じられた螺旋階段の途中にいるということは――。

そうだ。

おれにとって、もうすでにこのホテルは存在している。現実には存在しないものを求める客がいる限り、このグランドホテルは存在し続ける。自分の都合でチェックアウトすることはできない。

陽気なざわめきが聞こえる。

まだどこかでパーティーが続いているらしい。

ねえ、ほんとうに願いごとがかなうのかしら。

女の声。

このホテルに泊まると、願いがかなうことがある。いつからか、ささやかれ続けてきたそんな噂。今夜なら、そんな噂もほんとうになるのではないだろうか。

そうだ。

ためしに願ってみよう。

もし噂がほんとうなら――。

そのとき、彼には闇の底でなにかが蠢《うごめ》いたのがはっきりとわかった。まるで彼の声を聞こうとしているかのように。

何を願うかをわざわざ考える必要はなかった。彼が日頃からいつも思っていたことを言葉にするだけでよかった。

ええと、それじゃ、このオーディションに応募した動機から聞かせてもらおうかな？

どんな形でもいいから。

彼はつぶやいた。

紙みたいにぺらぺらでもいいから。

ゆっくりと、だがまっすぐ螺旋階段を上がってくるそれに向かって、彼は強く願った。

大勢の人間に観られたいんだ。

彼は、しばらくそのまま動かなかった。

待っていた。はたして自分の願いがかなえられるのかどうか。その答が得られるのを

――。

そして今、彼は顔を上げ、笑った。

すでに、その願いがかなえられていることを知ったからだ。

そう、こういう形で――。

ホテル暮らし

半村良

用事をすませて京橋の二丁目から銀座へ向かって歩いていたら、思いがけず繁さんに出会った。

繁田重吉。年は私より三つ下で、身長は私より十五センチほど高い。体重も多分私より二十キロくらい重いに違いない。

それが濃紺のスーツを着て黒っぽいネクタイをしめ、少し股を開きぎみに歩いてくる姿は、どう見ても警察官風だ。

「よう、繁さんじゃないの」

私は足をとめてそう言った。繁さんは何か考えごとでもしていたのか、視線を私に向けるのが少し遅れたようだった。

声をかけられてから二歩ほどそのまま歩き、ギクッとしたように足をとめてまじまじと私をみつめた。

「四年ぶり、かな」

「うん、え……」

繁さんは目をしばたたく。そんな癖もなつかしい。

「ああ、それくらいになるかな。まあそんなとこだろう」

繁さんはやっと笑顔をみせた。

「東京に用事……」

そう訊《き》かれて私は首を横に振る。

「いや、もう北海道からは引きあげたよ」

「いつ……」

「この三月の末に帰ってきた」

「何年むこうにいた……」

「三年さ。冬になると運動不足になるんでね。血圧があがっちまう。おまけに、ほかにもちょっと具合が悪くなったところがあって」

「そうか、残念だったな。そのうち北海道へ訪ねて行こうと思ってたのに」

「それにしても今日は蒸し暑い。時間があるならそこらで涼もうじゃないか」

「うん」

私はあたりを見まわした。次のビルに喫茶店の看板が見えている。

「あそこでいいだろう」

私たちはその喫茶店へ歩きだした。

繁さんとは新宿のホテルで知り合った。そのころ私はホテル暮らしをしていたのだ。原稿を書いて飯を食って寝るだけの生活だから、万事につけてホテルのほうが都合よく、居心地のいいまま二年以上もホテルに住んでしまったのだ。

繁さんもそのホテルの常連の一人だった。あまり宿泊には使わないようだったが、近くにオフィスがあるとかで、よくメイン・バーで顔を合わせたし、ダイニングルームやカフェテラスでも会うことが多かった。

自然、挨拶を交わすようになり、バーのカウンターでとなり同士になったりすれば、世間ばなしに花を咲かせるようにもなった。

素朴でなかなかの熱血漢だ。とかく身辺をきらびやかに飾りたがるホテルの常連客の中で、ファッションにまったく関心を見せないところにも好感が持てた。

小さな建設会社の役員で、不動産も扱っているようだったが、その当時繁さんはホテルを建てることに熱中していた。

冷房のきいた喫茶店でひと息いれた私は、そのことを思い出して訊いてみた。

「例のホテルの話はどうなったの……」

繁さんはニヤリとしてみせた。

「おかげさんで」

「え……そいつは凄い。とうとうやったのか」

「まあね。あんたが北海道へ行った直後から、土地がばかみたいに値上りしちまって参ったよ」

「そりゃそうだろう。しかしえらいもんだなあ。場所はどこ……」

「ん……」

「場所はどこさ。ホテルの名は……」

「麴町」

「麴町のどこ」

「三番町」

「へえ……あんなところに。よく土地があったね」

「ホテルとしちゃ、場所はあんまりよくはない。いま、次の土地を探してるところだ」

「またホテルかい」

「うん。俺はホテルが好きなんだよ」

繁さんはそう言って私をみつめた。どことなく疲れたような顔だった。

「あんまり無理しなさんな。あれから四年……としたら、土地を手に入れて工事をはじめて……」

「うん、オープンしてまだ日が浅い」

「それなのにもう次の土地か……体をこわすぜ」

「大丈夫さ。俺はこの通りの体だし」

「それにしても……」

私は繁さんが落着かない様子でいるのに気がついた。

「いそがしいなら、またゆっくり会おうじゃないか。そのホテルのバーで繁さんと飲んでみたい」

繁さんの顔がその一瞬パッと明るくなった。

「見せたいよ。きっと連絡する。電話を教えてくれないか」

繁さんがそう言ったとき、私はもう名刺をとりだしていた。こっちも転居して間がないから、このところ名刺を多めに持ち歩いているのだ。

「ありがとう。いいホテルだぜ。気に入ってくれると思うよ」

繁さんはそう言うとすぐ立ちあがり、以前新宿のホテルのバーでよくそうしたように、右手をちょっとあげて別れの合図にし、私を置いてさっさとその店を出て行ってしまった。

私はぼんやりとそのうしろ姿を見送ったが、ガラスに何かが強く反射している部分で、呆気《あっけ》なく繁さんの姿を見失ってしまった。テーブルの上には、さっきウェイトレスが置いて行ったアイスコーヒーが、そのままひとつ残っている。ストローも袋に入ったままだ。

アイスコーヒーがひとつ。

冷房がききすぎていたわけではない。私はぞくっとした。あわてて店の中を見まわすと、若いウェイトレスと目が合った。

「ちょっと」

私は手をあげてそのウェイトレスを呼んだ。

「はい」

「さっき俺、アイスコーヒーを二つ注文しなかったかい」

「はい」

「でもひとつだよ」

「はい。お連れさまがお見えになってからと思いましたので」

背中といわず脇の下といわず、からだ中にじいんと痺れが走った。

じゃあ俺は一人で来たのか……と危うく口から出かかるのをやっととめ、

「判った、サンキュー」

と、そのウェイトレスを追い返すのが精一杯だった。

これは白昼夢だ。暑さに参ってまぼろしを見てしまったのだ。でもそれにしては、あの繁さんの姿のなまなましかったことはどうだ。

私はなかば無意識にタバコをとり出しており、くわえて火をつけようとしたとき、ようやくライターを持つ手が震えているのに気がついた。

どこかおかしい。血圧があがり過ぎたのか……心臓は大丈夫か……。

私はタバコを灰皿の中へ放りこみ、腕の時計を見た。三時半だった。

テーブルに手をついて、そっと立ちあがった。急に激しい動きをすると、命にかかわるような気がしたからだ。

テーブルを離れ、ゆっくりとウェイトレスに近寄る。

「電話は……」

「はい。あちらです」

ブルーのユニフォームを着た色白のウェイトレスは、掌を上に向けて左のほうを示した。しゃれたテレフォン・ブースがある。

私はできるだけゆったりとした動作でそこへ行き、水田クリニックへ電話をした。

「ドクターをお願いします」

名を告げてそう言うと、さいわいすぐに水田ドクターが出た。

「やあ、こんにちは」

ドクターの声は屈託《くったく》がない。

「実はいま、急に具合が悪くなったらしい」

そう言うと、ドクターの緊張した声が返ってくる。

「いまどこです。音楽が聞こえているけど」

「京橋の喫茶店」

「どんな風に……」

「それがよく判らない。動悸が激しいような気がするんだけど」

「迎えをやりましょう。そこにじっとしていてください。場所を詳しく」

「いや、それほどでもないような気が……タクシーでそっちへ行きますよ」

「大丈夫ですか……」

「ええ、多分」

実を言うと、水田ドクターの声を聞いたとたん、自分が大げさに騒ぎたてているような気分になったのだ。

「車の中でもいらいらしないように。のんびり居眠りをするようなつもりで」

「ええ。すぐに行きます」

電話を切り、そのままレジへ行って金を払うと、外へ出てタクシーを待った。

水田ドクターのクリニックは、新宿副都心の高層ビルのひとつで、比翼になったビルの片一方の三階にある。もう一方の側は以前私が長期滞在していたホテルだ。

そこへ着くまでに、私の気分もすっかり落着いてしまっており、ドクターと顔を合わせたときにはだいぶ照れ臭かった。

ドクターはすぐ脈を診て瞳を調べ、血圧を測った。

「上が百六十。少し高いけど、そうたいしたことはなさそうですね」

血圧計をしまう看護婦を見ながら、私は微笑してみせた。妙な笑い方をしたに違いない。

「幻覚って奴があったんですよ」

「喫茶店でですか……」

「いや、その前の道で」

「一人で歩いてたんですか……」

「ええ」

ドクターも妙な笑い方をしはじめる。

お互いに気易い仲だから、会えばのべつからかったりからかわれたりしている。

「どんな幻覚です」

「ちょっとね」

私は看護婦のほうへ視線を走らせた。

「あ、君、もういいから」

看護婦は何も気付かずに去って行く。

「知ってる男に出会ったんです。何年もすっかり忘れていた男に」

「僕の知っている人ですか」

「いや、多分ご存知ないでしょう。となりのホテルに住んでいるとき知り合った男です。客同士でね」

「なんと言う人です」

「繁田。繁田重吉」

とたんにドクターの顔から笑いが消えた。

「悪い冗談はよしましょうよ」

「なんで……」

「建設会社の専務をしてた人でしょう、繁田っていう人は」

「そう。よくメイン・バーで一緒に飲んだ仲です。ただ、ホテル以外での付き合いはなかった」

「ほんとに知らないんですか……」

「繁さんとはもう四年も会ってないんです。ホテルを出て一年後には北海道へ行ってしまったから」

ドクターは椅子に腰かけたまま、その椅子ごと私に近寄ってきて声をひそめた。

「どういう幻覚だったんです……」

「道でバッタリ出くわしたんですよ。見つけたのは私のほうが先だった。で、こっちから声をかけたら、繁さんは私がまだ北海道にいると思ったらしく、用事で来たのかと尋ねましたよ」

ドクターは妙な表情で私の話に聞き入っている。

「立ちばなしもなんだからと、近くにあった喫茶店へ入って、私がウェイトレスにアイスコーヒーを二つ頼んで……」

私は熱心に聞いているドクターの顔を見ているうちに、また薄気味悪くなってきた。

「いったいどうしたんです、繁さんは」

「ひところ、となりのホテルへ出入りする連中のあいだでは、その繁田さんの話で持ちきりだったんですよ。繁田さんは自殺したんです」

「まさか……」

「本当です。去年の夏のことですよ。土地の売買でハメられましてね」

「その土地は麹町じゃないでしょうね」

「そうです。たしか麹町です」

「ホテル……」

「ええ、ホテル用地だったと聞いてますよ」

「信じてください。京橋で繁さんはとうとうホテルを建てたと言ったんです。場所は麹町三番町」

ドクターは私をみつめて黙りこんだ。

「その話を誰かから聞いていたのなら、幻覚で片付けられるでしょう。でも私は誰からも聞いていませんよ。もちろん、自殺したなんてことも、たった今まで知らなかったんですから」

「ちらっと噂を聞いて、そのまま忘れていたということは……」

「ない。絶対にない。私は彼が好きだったんだ。ホテルのバーで彼が話すのは、ホテルを建てるということばかりでした。彼にはそれが夢だったんです。だから彼がそんな無念な死をとげたということを聞いたら、私は悲しんだはずです。ショックを受けたでしょう。だから聞いたとしたら忘れるはずはありませんよ」

「じゃあ、京橋で繁田さんに会ったのは幻覚じゃないことになりますか……」

「さあ……」

それは私にも確答はできない。

「詐欺の相手のところへ出資者を連れて乗り込んで、その場で拳銃をくわえて引金を引いたそうです。警察は拳銃の出どころを随分調べたようですが、とうとう判らずじまいだったとか」

「次のホテル用地を探してるところだと言ってた」

「嫌だな。僕は亡霊などという言葉を本気で口にしたくない」

「私は会ってしまった」

「ギブアップです。その話を信じれば、これはもう医者の領分ではありませんからね。さりとてあなたを精神科へ連れて行く気にもなれないし」

「必ず連絡すると言ってた。彼はそうしそうな気がする」

「ばかを言わないでくださいよ。とにかく、精神安定剤をさしあげます」

「それより、三番町へ一緒に行ってみませんか」

「冗談はよしてください。そんなことはもう二度と起きませんよ」

「まあいいでしょう。先生を変なことに巻き込んじゃいけないから」

「気をつけてくださいよ。間違っても繁田さんが建てたホテルへなんか行かないように」

ドクターはやっとそう言って笑った。

ドクターの心づかいもあって、水田クリニックでたっぷり油を売った私は、六時半ごろそのビルを出た。

となりのホテルから、ダークスーツに白いネクタイをしめた若い男たちが、みな同じ紙袋をぶらさげてぞろぞろと出てくる。今日は大安なのかも知れない。結婚披露宴のいちばん遅いのがおわったのだろう。

私はホテルのタクシー乗場へ行き、ダークスーツの青年たちのうしろに並んだ。家へ帰ろうと思ったのだが、順番が来てタクシーのシートに坐ったとたん、

「三番町」

と言ってしまった。

「麴町ですね」

運転手はそう言い、車をスタートさせる。私はぎっしりと車がつまった道路で、繁さんのことを考えはじめた。

あのホテルに住んでいるうち、新宿副都心では高層ビルを一本二本と数えることを知った。

私が住んでいるあいだにも新しいのが二本建った。

建設業者の繁さんにとって、ニョキニョキと生え伸びる高層ビルは、憧れの的だったに違いない。

最新の設備を持ち、きらびやかに、そしてシックなよそおいを凝らした高層ホテルは、繁さんの夢をいっそう煽《あお》りたてたに違いないのだ。

駆けだしの広告マン《アド》だったころ、一流スポンサーのテレビCMに闘志をかきたてられたことを思い出す。創り出す戦いに参加したくてたまらなかった。俺ならああやる、自分ならこうすると、作れもしないCMの絵コンテを描き散らした夜もあったのだ。

きっと繁さんもそうだったのだろう。創り出したいものが先にあり、その仕事をやらせてくれる相手を探して駆けまわっていたはずだ。

ホテルはCMなどとはけた違いの金がかかる。ようやく金主にめぐりあった繁さんに、油断がなかったとは言えまい。土地探しに血まなこになり、ついにハメられてしまった。欺《だま》した相手のオフィスに金主を連れて乗り込み、その場で銃口をくわえたという。

まさに憤死だ。挫折した男が死に、夢だけが消え残っているのか……。

それにしても、なぜ私のような薄い縁の者に姿を見せたのだろう。まったく利害がないからだろうか。

いつの間にか目をとじて考えていた私は、車がとまるのを感じて目を開いた。

「いらっしゃいませ」

青い地に赤のふち飾りがついた制服のドアマンが、車のドアをあけてうやうやしく私に言った。

サファイア・ホテル。

壁にはめこんだその金文字を読み、私は上を見あげた。かすかな青みをまじえた白い壁にほぼ正方形の窓がつらなり、それが夜空に鋭くどこまでも伸びている。

私はあたりを見まわした。

新宿のホテルと同じように、ここにもダークスーツを着て紙袋をさげた男たちや、色とりどりのよそおいを凝らした女たちで溢《あふ》れていた。

タクシーが次から次へと、そうした客を乗せて走り去る一方で、ハイヤーや自家用車が客をおろし、その向こうでは空港リムジン・バスから外人観光団のものらしい荷物をあわただしく引き出している。

私はドアマンが次の車のほうへ行ったのをきっかけに、思い切って自動ドアへ向かった。

ネットをかけた出発客の荷物。バッグを客から奪うようにしてフロントへ案内して行くベルボーイたち。ラウンジのさんざめきの中で、外人客に何か説明しているアシスタント・マネージャー。ひっきりなしにチャイムが鳴るエレベーター・ホール。巨大なシャンデリア、クロークとタバコ売場、カフェテリアの入口、トラベル・ビューローのカウンター、花屋……。

「完璧だ」

私はつぶやいていた。完璧なホテルだ。いや、完璧なホテルのイメージだった。私にはそのホテルが架空のものだと判っていた。繁さんが作りあげたイメージなのだ。ホテルを建てられずに憤死した男が残した、強烈なイメージなのだ。

「やあ」

タキシードを着た繁さんが、ロビーの奥のほうからゆっくりと近づいてきた。上背のあるごつい体に、タキシードはよく似合っている。

「来てくれたね」

「まずご招待の電話が先だと思ってたよ」

「どうだい。いいホテルだろう」

「話は聞いたよ。あんたはこういうホテルをこしらえたかったんだね」

「いや、ごらんの通りもう出来あがっている。俺のホテルじゃないが、俺が作ったホテルであることはたしかだ」

「判るよ。たしかにこれは繁さんのホテルだ」

「案内させてくれ。八階から上が客室で、最上階がレストランだ」

「いいだろう、見せてもらうよ」

私はポケットの中の精神安定剤をまさぐりながら答えた。

見事なものだった。

部屋のデザインや家具の豪華さのことではない。繁さんが生みだした現実感のことだ。どの階にも、客と従業員がそれぞれの役割をきちんと果たして動きまわっていたし、調理場のにおいまでが現実にある通りだったのだ。

「サファイア・ホテルという名前は、ずっと以前から繁さんが考えていた名前なんだろ」

最上階……四十二階のレストランの調理場で、私はそう尋ねた。

「そうだ。イメージの基本はサファイアだった」

「壁面に青みを加えたのもそのためだな」

「あの色を出すのには苦労した」

「じゃあ、実際に施工するとき、どうやればいいか判っていたんだな」

「そりゃそうさ。だからこうして出来あがった」

「そこまで考え抜いてあったのに、残念じゃないか。なぜもう少し粘れなかったんだ」

「粘る……」

「そうだよ。これほどのホテルだったら、一度くらい縮尻《しくじ》ったって当たり前みたいなもんじゃないか。七ころび八起きでやればなんとか実現できただろう」

「あんた、何が言いたいんだ」

「もっと頑張ればよかったってことさ」

「頑張るって、どういう風に……」

「生き抜けばよかったのにということさ。そうしたら本物ができたはずだ」

音が消えた。ひっきりなしにカチャカチャと鍋や食器の音がしていたのが、急に消えてしまった。白い帽子をかぶったコックたちが、みな凝然と突っ立って私をみつめていた。

「ぶちこわさないでくれないか」

繁さんが弱い声で言う。

「繁さんの夢はよく判るよ。俺にその夢を見せてくれたことも、光栄だと思ってる。でもこれじゃ悲しくなるな、俺は。夢は生きてるからこそすてきなんだ。死んでしまったんじゃ、夢なんかじゃない。これは俺にとって、やはり幻でしかない」

「これは俺の現実だよ」

「でも繁さんは死んでしまったじゃないか。このホテルの外には東京がないはずだ。麴町も三番町もないだろう。これを本物にするなら、繁さんはすべてを作らなくてはならない。日本を、アメリカを、ヨーロッパを……何から何まで全部をだ」

「俺にはこのホテルがすべてだ」

「繁さんはそれでいいかも知れないが、俺にはここが悲しい。人の死がなぜ悲しいか判ったよ。夢がおわって幻になるからだ」

「死んじゃいない」

繁さんが叫んだ。すべての音が消え去った世界で、繁さんの声だけが谺《こだま》し続けている。

「俺は死んじゃいない」

死んじゃいない……死んじゃいない……死んじゃいない……。

コックたちが消えていた。繁さんも声だけになった。

私は白いタイルと磨き抜かれてしみひとつないステンレスだけの調理場に、たった一人で立っていた。

死んじゃいない……死んじゃいない……。

「待ってくれ、繁さん」

私は人の姿を求めてスイング・ドアをあけ、客席へ走り出た。

窓、カーテン、テーブル、椅子……。だが客もウェイターもいない。

「どうしたというんだ。繁さん、俺が何か間違ったことをしたのか……」

クローク、レジ、廊下、カーペット。そして誰もいない。

エレベーター・ホール。誰もいない。

私は気付いた。この世界を作りあげた繁さんの死を口にしてはいけなかったのだ。

私はエレベーターのボタンを押した。すぐキューンという音が響いてくる。しかし私はそれに乗るべきではないと感じた。なぜかひどく危険な気がしたのだ。

私は廊下を走り、プライベートと書かれたドアを押しあけた。案の定そこには従業員用のエレベーターがあり、その横に階段室のドアがあった。

私は階段をおりはじめた。ぐるぐる、ぐるぐると同じ回転を続けながら、私は根気よくおりて行った。

　膝をガクガクさせながらようやくロビーへ着いた。誰もいない。自分の靴音だけが響きわたる。私は正面玄関の自動ドアへ走った。だがドアは開かなかった。

「繁さん、かんべんしてくれ。外へ出してくれ。お願いだ」

「泊まっていてくれ」

　どこからか繁さんの声がした。今度は谺しなかった。

「あんたは生きている。あんたがいる限りこのホテルは存在し続けるんだ」

「この幻の中に住めというのか」

「あのホテルにだって住んだじゃないか。このホテルは完璧だ。不自由はさせない」

「やめてくれ。とじこめないでくれ。外へ帰してくれ」

「あんたは俺の夢を理解してくれた。だから俺の夢を支えてくれ。客も従業員もすぐ元通りにしてやれる。このホテルで小説を書いていろ。どうせそれも夢だ。掲載誌は地下のブックマートへ届く。単行本もだ。原稿料も印税もここへ届くし、編集者だってやってくる」

「みんな幻だろう」

「どこが違う。またホテル暮らしをはじめるだけじゃないか。賞をもらったらここで受賞式をする。パーティはお手のものさ。不自由はさせないさ」

そういうわけで、私はまたホテル暮らしをはじめた。

狐火の湯

都筑道夫

1

「昭和三十年代のはじめには、まだ上野のお山に、狐《きつね》が住んでいたんですね。そいつに化かされたとしか、考えられない。日暮里《につぽり》をすぎて、そのころ、西日暮里という駅はなかったから、次の田端《たばた》を出たのは、おぼえている。気がつくと、東十条《ひがしじゆうじよう》にとまっているんです、京浜東北線の」

と、五十代の肥った男は、話しはじめた。軽演劇の作者、喜劇映画の脚本家で、近ごろは、随筆家としても、知られている人物だ。芝居の本読みで、馴《な》れているせいか、流《りゆう》暢《ちよう》なしゃべりかただった。

「ぼくはそのころ、大塚のはずれに住んでいて、おりる駅は池袋だ。山手線にのったつもりで、京浜東北にのってしまったらしい。もちろん、あわてておりて、田端へひきかえしました。すぐに電車がきたから乗って、また気がつくと、東十条なんだ。われながら、あきれましたね。すぐに田端へひきかえして、こんどはちゃんと、確かめて乗ったつもりだった。ところが、また東十条なんです」

と、劇作家は顔をしかめて、

「なんとも、異様な惑じでしたね。友だちと上野で飲んで、御徒町《おかちまち》から、電車にのったんです。だから、酔っていたには違いない。でも、うちへ帰ってから、やらなきゃならない仕事があって、酒は控えていたんです。しかも、そんなに遅くはなかったから、電車はわりあい混んでいた。立っていたんですよ、ぼくは」

「つまり、座席で居眠りをしていたわけじゃない、というわけですね」

と、『深夜倶楽部《クラブ》』の主催者の飯島が、口をはさんだ。劇作家はうなずいて、

「ですから、おかしいんですよ。日暮里にとまったのは、おぼえている。田端をすぎた記憶もあるのに、上中里《かみなかざと》、王子が、すぽっと抜けていて、気がつくのが東十条。それまで、おりたこともない。そういう駅があるのを、意識してもいないところで、三回とも気がついた。田端にもどったときには、実にいやな心持でしたね」

「帰れたんですか、その晩のうちに」

「四度目には、ちゃんと山手線にのりました。あれは御徒町を出たとたんに、上野の狐にとりつかれて、王子の狐に申しおくりをされて、東十条でゆるしてもらえた。そんな気が、いまでもするんです。三度目に、東十条のプラットフォームにおりたときには、そのまんま、改札口を出て、タクシーで帰りたかったなあ。でも、金がなかったんで、いらいらしながら、田端へひきかえしたんです。ことにその後、へんな経験をしたもんですからね。あれはぜったい、狐に化かされたんだ、と思っています」

と、劇作家はにこりとして、

「その妙な経験が、お話の本題でして、いまのは落語でいえば、枕《まくら》というわけなんです」

2

二、三年まえのことだが、ある温泉場に、ぼくは滞在していた。はっきり温泉の名や宿の名をいうと、親切にしてくれたひとたちに悪いから、曖昧《あいまい》にしておこう。旅館の主人が以前、浅草で役者をしていた男で、じつに便宜をはかってくれたから、ぼくの話が、商売に影響するようなことがあっては、申しわけがない。

関東のうちだが、山のなかで、古い温泉宿だ。木造の二階建が、横に長く、山腹にへばりついている。うしろの山に入っていくと、滝があって、そこから流れだした川が、宿の下を蛇行している。東京ではもう、桜が咲いていたが、そこはまだ日が落ちると、炬燵《こたつ》のスウィッチを入れるくらいで、客もすくなかった。

朝めしを食うと、ひとまわり散歩をしてから、大浴場で温泉につかって、炬燵にすわりこむ。昼めしのあとも、仕事をして、夕方、湯に入ってから、主人といっしょに、酒をのむこともあれば、ひとりで晩めしを食って、仕事をつづけることもある。軽演劇の思い出を、一冊の本に書きおろすために、ぼくは長期滞在していたのだ。

戦争末期の中学生のころ、ファンとして通いはじめて、敗戦後、幕うちの人間になった浅草の芝居のことを、書きとめておきたい、とは思っていたから、のり気でひきうけた仕事だけれど、資料がすくない。むかしの仲間に、あちこち問いあわせていたら、

「あのひとなら、まだ持っているんじゃないかな。丹念に日記をつけていたし、プログラムや新聞記事も、スクラップ・ブックに、貼《は》りこんでいたからね。あれが、残っていたら、資料の山だ」

と、ここの主人を、紹介してくれるひとがあった。さっそく手紙をだすと、

「ろくに整理がしてありませんので、東京にお送りすることは出来ませんが、こちらへお越しになりませんか。むかしの話ができるのは、わたくしとしても、嬉《うれ》しいことです」

という返事があって、ぼくは出かけていったのだ。主人の名は、かりに木村としておこう。ぼくよりだいぶ年上だが、記憶力は抜群で、古い日記まで、

「自由につかっていただいて、かまいませんよ。いまさら、恥ずかしがっても、はじまらないから」

と、見せてくれた。たくさんのスクラップ・ブックも、戸棚から出してくれた。ほんとうに資料の山だったから、それをわきにおいて、毎日、ノートをとっていたのだが、根がなまけものだ。すこし疲れると、寝ころがったり、風呂《ふろ》場へおりていったりした。ことに滞在一週間目ぐらいには、夜なかによく、温泉につかりにいった。東京ではあけ

がたに寝て、午《ひる》すぎに起きていたから、いったん寝そびれると、始末がわるい。

その晩も、大浴場におりていったのが、午前一時すぎだった。湯気がこもって、風呂場は薄暗い。だが、冷えた肌に、食いついてくるような熱い湯に入って、そっと湯舟のむこうはしに行くと、ガラス窓の上に星が光っている。それがまた、べたいちめん、金銀の針で突いたようだ。夜空とは、こんなに美しいものだったか、と手をあわせたくなるくらいで、それが風呂場から見える、というのが、またうれしい。

ガラスが曇っていないのは、どこかがすこし、あいているのかも知れないのだが、それも気にはならないくらい、湯は熱い。窓のすぐ外は、しげった藪《やぶ》で、そのあいだに、川が鏘鏘《そうそう》と流れているのが、手がとどきそうに見える。ことに窓のはじのほうにいって、石で畳んだ湯舟のふちに、頭をのせて見ると、目の上をきらきらと、水が争って、走っていくようで、いつまでも見あきない。二階では、それこそ玉が砕けて、ぶつかりあって、絶妙の音楽をひびかせているような川瀬の音が、一日じゅう聞えている。講義めいて恐縮だけれど、鏘鏘というのは、金属や玉がふれあう音のことなのだ。だが、ここではその音が、ガラスのせいか、ほとんど聞えない。

タオルを畳んで、湯舟のふちにおいて、そこに頭をのせて、からだを湯のなかにのばしながら、ぼくが川の流れを、星あかりに見ていると、目のさきで、光ったものがある。窓ガラスにふれるほど、しげった低い藪のなかから、しっとり光るものがふたつ、すっと出てきたのだ。ああ、蛍だな、と最初は思ったけれど、そんな季節ではない。低いところで、青光りしているのが、いやに凄《すご》い。そう思ったら、湯につかっていられなくなった。湯舟から飛びだして、脱衣場に出ようとすると、曇りガラスのドアがあいた。

「どうしました、先生」

たくましい裸で、入ってきたのは、木村の息子だった。東京の大学を出て、つとめをしていたが、結婚してから、こっちへ帰ってきて、旅館の経営を手つだっている。

「いいところへ、来てくれた。窓の外に、なにかがいる。こっちを、見ているんだ」

「どこです？」

「あすこだ。おどろいたよ」

ぼくが指さした窓ぎわに、若い木村君は近づいて、藪と川を見すかした。ぼくも湯に入って、窓のほうにいくと、木村君は湯舟につかりながら、

「なんにも、見えませんよ。狐じゃあないですか、先生。目が光ったんでしょう」

「青く光っていた。狐の目って、狐がこんなに近くまで、くるのかい？」

「夜なら、来ますよ。はじめてだから、おどろいたでしょうが……」

「年がいもなく、おびえたね。狐か狸《たぬき》だ、と考えるべきだった。きみが来なかったら、裸で二階まで、走っていたよ」

そのとき、隣りの風呂場で、低い笑い声がした。隣りは女性用だから、女の声だ。ぼくは思わず腰を浮かしたが、旅館の息子は平然として、

「終バスで、客がきましてね」

と、小声でいった。

「ふたりづれなんです、若い女の——女子大生かも知れません。このごろ、少しずつふえているんですよ、若い女だけってのが」

「はやりなのかな。うるさくなければ、いいが……」

ぼくがいったとたん、ばしゃっと隣りで、湯がはねて、にぎやかな声がした。

「見てよ、見て——すぐ外が、露天風呂じゃない？　どこから、出るんだろう」

「露天風呂じゃないよ。光って、流れているもの。川だよ。ここへ来るとき、わたった川じゃない？」

ぼくが顔をしかめると、木村君は、にやにや笑いながら、

「先生の部屋とは、離れているから、大丈夫ですよ。にぎやかなほうが、ぼくはいいな。あのひとたちと喋《しゃべ》ったおかげで、たまっていた帳簿の整理を、する気になったんです。おかげで、こんな時間になってしまったけど」

「そんなことをいって、きみ、彼女たちを、のぞきに来たんだろう」

「いやだな、先生。違いますよ。いまいった通り、帳簿の整理をしていて……」

「いいわけをするところが、怪しいぞ。あした、奥さんにいいつけてやろう」

「先生、あれでしょう」

不意にぼくの腕に、木村君は手をかけて、窓の外に顎《あご》をしゃくった。小さく光って、ふたつのものが、ガラスのむこうを、低くかすめていった。

「ああ、あれだ」

ぼくがうなずくと、隣りで女の声が、

「いまのなに――人魂《ひとだま》じゃない？」

「大丈夫ですよ、お客さん。狐です」

木村君が大きな声でいうと、隣りの湯の音が、急に静かになって、くすくす笑う声が聞えた。

3

あくる朝は寝坊して、十時すぎに、散歩にでた。近在から保養にきている老人たちが、日あたりのいい前庭で、ゲート・ボールの練習をしている。落葉樹が葉をつけはじめて、若い緑いろが新鮮な道を、川ぞいにくだっていくと、最初の木橋のところで、若い女にあった。オレンジいろのスウェットシャツに白のコットン・パンツで、橋の欄干に手をかけている。横顔はまだ幼さが残っていたが、前かがみになった腰つきは、見事だった。ぼくの足音に、顔をむけて、

「こんにちは」

「こんにちは。ゆうべ、来たひとだね」

と、ぼくが笑顔をしめしても、生まじめな顔つきなのが、ちょっと妙だった。

「旅館の息子さんがいっていた先生？」

「まあね。大した先生じゃないが……」

「東京からですか」

「そう。あなたがたは？」

「東京です。あの……つれに、あわなかったでしょうか。あたしよりも、ちょっと背が低くって、瘠《や》せているひと」

「あわなかったな、だれにも」

「ピンクのスウェーターに、ジーンズをはいているんですけど」

「あわなかったよ。どうしたの？」

「散歩していて、はぐれてしまったんです。このむこうを、あっちへのぼっていったあたりで……」

と、滝へいく道を指さした。

「昼間だから、迷うはずはないがねえ。滝までいったの？」

「いいえ。とちゅうで、ひとりで林へ入ったんです、ちょっと必要があって」

「ああ、なるほどね」

ぼくが微笑すると、女も苦笑して、

「いつまで待っても、戻ってこないから、おりてきてみました。絵美は勝手なところがあるから、先に帰ったのかも知れない、と思って……」

「お友だちは、絵美さんというの」

「ええ、小玉絵美。あたしは黒木房代です」

と、頭をさげたから、こちらも名のって、

「上のほうの橋から、宿へ戻ったのかな。とにかく、行ってあげましょう」

橋をわたると、はるか川下に、県道があって、バスやトラックの走るのが、小さく見える。そのむこうは峠で、尾根の波うつあいだに、まだ雪の残った山のいただきが、西洋菓子のようにのぞいていた。川上のほうは、道がだんだん細くなって、流れとついたり、離れたりする。木のしげったところでは、空気がつめたい。頭上でさかんに、鳥が鳴いているけれど、聞きわける知識は、ぼくにはなかった。

「先生、このへんで、こっちへ入っていったのよ、絵美は」

「大丈夫だ。間違っても、ここなら、迷子にはならない。入ってみよう」

と、ぼくは先に立った。川の音が近くになって、林を出ぬけると、橋がある。

「そこから、宿へ帰ったか、さもなければ、滝のほうへいったかだな。ほら、音が聞えるでしょう」

「遠いんですか」

「そんなでもないよ」

「だったら、そっちへ行ったのかも知れません。ちょっと、心配なことがあるんです」

「心配って、自殺の心配じゃないだろうね」

ぼくがにやにやすると、黒木房代は、眉《まゆ》をひそめたが、すぐに目をそらして、

「滝壺《たきつぼ》、深いんでしょう?」

「まあ、見てみたまえ」

林をぬけると、川にそった岩畳みの道になって、石段のようにのぼっている。川床も浅く、平らな岩が積みかさなって、そこを走る水が、きらきらと日にかがやくのが、ガラスの砕けとぶようだ。

「まあ、きれい」

「わきへよって、しゃがんで見てごらん。この日ざしなら、虹《にじ》が見えるはずだ。段になったところに、小さくかかって、おもちゃの虹みたいだよ」

ぼくがうしろへさがると、房代は乾いた岩に片手をついて、からだを低くした。スウェットシャツの裾《すそ》があがって、コットン・パンツが口をひらいたように、背なかがのぞいた。背骨というのは、ときとして、ひどく色っぽく見えるものだ。ぼくの視線には気づかずに、房代は蛙《かえる》みたいな恰好《かっこう》で、水音にさからって、声を高めながら、

「ほんと、手にとれそうね。虹のミニチュアってところだわ。滝って、ここなんですか」

「いや、こっちだ」

かたわらの大きな岩から、松の太い枝が、ぎくしゃくのびた下をくぐると、川床がまた高くなる。右手正面に、大きな岩がふたつ、立ちはだかっていて、高低《こうてい》ふたすじの滝

が、勢いよく落ちている。だが、その下は、川床がわずかに抉《えぐ》れているばかり。落下した水は飛沫《ひまつ》をあげて、銀のヴェールのように、宙にゆらいでいる。

「笑っていたはずだ、先生が」

と、房代は岩をふりあおいで、

「滝壺がないんですね」

「実をいうと、この上のほうに、もうひとつ、滝があってね。高い滝で、滝壺も深い。抹茶《まっちゃ》の茶碗《ちゃわん》をのぞいたみたいに、とろっとした青い水が、滝をのみこんでいる」

「そこへ行ったんじゃないかしら、絵美は」

「岩につかまって、のぼっていくんだから、はじめての人間が、ひとりでいくはずはないよ。ちょっと、待っていてごらん」

川床から、顔をだしている岩をつたって、ぼくは反対がわにわたると、大きな岩の裾をまわった。のぞきこむと、目の下に、川の流れのわかれた淵《ふち》が見える。おやじさんのほうの木村が、思った通り、そこに釣糸をたれていた。ぼくは身をのりだして、

「木村さん、ずっとそこにいた？」

「ああ、先生か。きょうは遅いですね、朝の散歩が」

と、木村は顔をあげて、大きな口で笑いながら、

「わたしはもう、だいぶ釣りましたよ」

「お客さんを、見なかったかな。ゆうべ、ついた女のひとを」

「小玉絵美さんよ。あわなかった？」

と、岩をわたってきた房代が、ぼくの腕につかまりながら、声をかけた。木村は首をかしげて、

「あわなかったね。でも、だれか下の道を、通っていったようだったが……」

「顔は見なかったんですか、おじさん」

「あいにく、糸に気をとられていたんでね。すみませんな」

「やっぱり宿へ戻ったんだよ、小玉さんは」

と、ぼくはいって、房代の手をとった。

「こっちから、おりよう。足もとに気をつけて……」

「大丈夫だけど、下の道って、旅館へいくんですか」

「近道でね。露天風呂のわきへ、おりられるんです」

「まったく、絵美ときたら、人さわがせなんだから」

「滝壺の心配をしなけりゃ、ならないようなことが、なにかあるの？」

はんぶん濡《ぬ》れた岩をつたって、あぶなっかしく、川べりをおりながら、ぼくがたずねると、房代は肩をすくめて、

「自殺ってことじゃない、と思うんですけどね。変なことをいうんですよ、このごろ」

「どんなこと？」

「小玉の家では、ひと世代にひとり、消えてしまうひとが、いるんですって――お兄さ

んは三十をすぎたから、消えるのは自分じゃないか、と心配しているの」

「へんな話だね。消えるって、つまり、蒸発するのかしら」

「自分の意思で、消えるんじゃないらしいんです。お父さんの弟——絵美の叔父《おじ》さんは、二十二のときに、大学から消えてしまったきり、行方がわからないそうなんです。おじいさんの代には、女のひとが十九のとき、お嫁入りの前の晩に、いなくなってしまった、というし……」

「神かくしだね、つまり」

「そうなんでしょうね。三十すぎれば、大丈夫なんですって」

淵にわかれる流れに、手すりのない短い木橋が、かかっている。それを渡って、くだっていくと、右手にまた川が見える。せりだした崖《がけ》の下を、川は流れて、木村の旅館のはずれを、くぐっていく。ぼくらのおりていく道の下に、小さな小屋があって、露天風呂が、そのかげに半分のぞいていた。小屋は脱衣場で、川ぞいに建っている。川は露天風呂のわきから、大浴場の裏手を走って、旅館の渡り廊下をくぐるのだった。

「あれが、小玉さんじゃないの？」

と、ぼくが指さしたのは、脱衣場から、女性がひとり、裸のうしろすがたを見せて、露天風呂に入ったからだ。

「あんなところに、露天風呂があるの？　だけど、絵美はあんなに、プロポーション、よくないと思うな」

「しかし、あなたがたぐらいの年配の女性客は、ほかにいないはずだよ」

「顔が見えないかしら」

「こっちをむいてくれると、いいんだがな」

「声をかけたら、聞える？」

「聞えると思うけれど……」

房代は大きく息を吸いこむと、両手を口にあてて、とてつもない声をあげた。

「絵美――」

山にひびいて、声は次つぎに反響した。だが、露天風呂の女は、なだらかな肩を湯に沈めて、ふりむかない。そばを流れる川水も、岩組みからあふれる温泉の湯も、日ざしにきらめいて、まぶしいばかり。声の反響がおさまると、耳の底が痛いように、あたりは静かだ。房代はじれったげに、ぼくの手をひっぱって、

「だめだわ。早くおりましょう。この道でいいのね、あすこへいくの」

4

山菜そばの昼食をすましてから、ぼくが炬燵で原稿を書いていると、障子のそとで、声がした。

「先生、ちょっとお邪魔をしても、いいですか。黒木です」

入ってきた房代は、宿の玄関でわかれたときほど、心配そうな顔はしていなかった。

「小玉さん、帰っていたらしいね」

ぼくが聞くと、房代は肩をすくめて、

「さっき、露天風呂に入っていたの、やっぱり絵美らしいんです」

「らしいって……？」

「また、出かけてしまったんです。駅までいくって、女中さんにいったそうだけど」

「帰るってことじゃあ、ないんでしょう？」

「ええ、荷物はおいてあります」

「だったら、心配はないわけだ」

「でも、駅になんの用があるのか、見当つかないし、ひとりにされて、退屈だし……」

「それなら、ここで話していらっしゃい」

「いいんですか。お邪魔でしょう？」

「一日をあらそう、仕事じゃないんだ。お茶でもいれよう」

ぼくが茶道具に手をのばすと、房代は炬燵から飛びだして、

「あたしが入れます」

「じゃあ、たのむか」

「先生、さっきの話、どう思いますか？」

「駅にどんな用があるか、ということ」

「そうじゃなくって、三十まえに消えてしまう、という話」

「翻訳ものの推理小説に、そんなのがあったね。友だちに借りて、読んだ記憶があるよ。推理小説だから、どうして消えたか、最後にみんな、わかるんだ」

「つまり、そんな話、信じられない、とおっしゃるわけ？」

「まあ、そうだね。叔父さんが行方不明になったりしたのは、事実なんだろうけど」

「単なる偶然なのかしら」

炬燵板の上に、茶碗をおきながら、房代は首をかしげた。床脇《わき》の棚に手をのばして、ぼくは菓子鉢をとると、炬燵にのせて、蓋《ふた》をとった。

「麦落雁《むぎらくがん》なんてものを、あなたがたは、知っているかな。むかしは東京でも、駄菓子屋で売っていてね。ぼくらにはお馴染みで、なつかしいものなんだが……」

「いただきます」

「絵美さんはその話、ほんとうに信じているのかな。そのほうが、問題だと思うよ」

「信じているから、話したんじゃないのかしら。怖がっていたことは、たしかですもの」

といって、房代は麦落雁を、口にほうりこんだ。おいしそうな顔はしない。ぼくは茶をすすってから、

「その話を、はじめて聞いたのはいつ？」

「先月だったかしら」

「つきあいは長いの、おふたりの」

「親しくなって、三年半ぐらい」

「いっしょに旅行したのは、はじめてじゃないんでしょう？」

「ええ。でも、ふたりだけってのは、こんどがはじめて——仲のいいのが、あとふたりいて、いままでは四人で、あっちこっち行っていたんです」

「こんどの旅行を計画したのは、先月くらいでしょう？」

「ええ、そうです」

「消える話をしたのも、先月だ。あんた、利用されたんじゃないのかな。たぶん、絵美さん、今夜は帰らないよ」

ぼくがにやにやすると、房代は怪訝《けげん》な顔をして、

「どういうことですか、先生」

「駅の近くにも、温泉旅館がある。今夜はそこへ泊るんじゃないかな、いまごろ駅についただれかさんと」

「男と、ということ？　それはない、と思うわ。だって、絵美のつきあっている男性は、あたしも知っているもの」

「知らない相手が、最近、出来たかも知れないでしょう。その相手が、奥さんのいるひとだったりすれば、このくらいの芝居は、するんじゃないかな」

「そういわれると、あたしも自信がなくなってきた」

と、房代は両手をうしろについて、天井を見あげながら、

「ここへ来ようといいだしたのは、絵美なんだし、消える話をしたのも、おなじころだから、先生のいう通りかも知れない」

「とにかく、心配はない、と思うね」

「でも、ひどいですよ。そういうことなら、はっきりいえばいいのに」

「そうしたら、協力する？」

「そうねえ」

と、房代は天井を見つめたまま、

「相手によります。それと、絵美の気持を、よく聞いてからでなけりゃ、なんともいえません」

「そうだろうね」

「仕返しをしてやろうかしら。先生はお芝居を書くそうですけど、なにかいい手、ありませんか」

と、房代は起きあがって、炬燵の上に顔をつきだした。化粧はしていないが、クリームかなにかの匂《にお》いがした。

「あすの朝、絵美さんの荷物を残して、帰ってしまうとか、いろいろ手はあるけどね。あなた、ほんとうに腹が立つの？」

ぼくが聞くと、相手は鼻のあたまに皺《しわ》をよせて、

「腹が立つ、というのとは、違うみたい。癪《しゃく》だな、という程度かしら」

「だったら、ぜんぜん、心配しなかったような顔をするか、逆に涙を浮かべて、手をにぎるんだね。『よかった。よかった』といってから、『捜索隊がもう、山へ入っているのよ。だいぶ費用がかかるらしいけど、そんなこと、いっていられないでしょう。心配で、心配で……』とでもいうんだよ。絵美さん、どんな顔をするか」

「なんといって、帰ってくるかだわ」

　と、房代はひとりごとのように呟《つぶや》いて、

「ただ、さしあたって、今夜ひとりで、御飯を食べなきゃならないか、と思うと、おもしろくない。ぜんぜん、おもしろくない」

「だったら、おやじさんに頼んで、下の炉端で、狸汁でも食べようよ」

「狸汁って、そりゃあ、ゆうべも、狐がでたくらいだから、狸だっているんでしょうけど……狸って、おいしいんですか」

「そんな顔をしなくても、大丈夫だ。狸汁ってのは、ぼくが勝手に、そう呼んでいるだけでね。山鳥や川魚や山菜や、ごてごて入った鍋《なべ》料理なんだ。うまいことは、保証する。なにが入っているか、わかったものじゃないって、ぼくが名づけたんだよ、狸汁って」

「安心しました。それ、ぜひお願いします」

　房代は笑って、菓子鉢に手をのばすと、つまみあげた麦落雁を、ひょいと投げあげた。喉《のど》をそらして、じょうずに口でうけとめたから、ぼくは手をたたいた。

「うまいね。そういうのを見ると、ぼくは尊敬してしまうんだ。不器用で、できないものだから」

「お行儀のわるいことをして、ほめられたのは、はじめてだわ。皮肉なんでしょう、ほんとうは」

「そんなことはないよ。ぼくがやると、こうなる」

と、麦落雁を投げあげた。どうしたはずみか、それが口のなかに落ちこむと、房代は炬燵をすべりでて、

「これ以上、ぼろが出ないうちに、引きあげます。でも、狸汁の約束はまもってくださいね、先生」

5

ひらがなのるの字を、太い筆で書いたような自在鉤《かぎ》は、大黒《だいこく》というのだそうだ。への字がたに曲げた上の横棒が、大黒頭巾《ずきん》をあらわして、下のまるい鉤は、顔ということなのだろう。そこから下がった縄のとちゅうに、高さを調節するためについた自在は、尾をはねあげた見事な鯛《たい》だ。こちらは、恵比寿《えびす》の象徴らしい。太い炭が、かがやくような炎をあげている炉の上に、黒光りした恵比寿大黒がいて、この家をまもっているのだった。

ぼくのいう狸汁が、大きな鍋に、ふつふつと煮えている。それを椀《わん》によそって、膝《ひざ》にかかえこみながら、房代はしきりに、あたりを見まわしていた。まっくろな太い梁《はり》に、鴨居《かもい》の上にならんだ提燈《ちょうちん》箱に、大きな柱時計に、目をかがやかし、灰にうずめた徳利の酒に喉を動かし、ぼくと木村の話に耳をとられて、絵美のことなぞ、わすれたようだった。ただ一度だけ、電話のベルが邪魔をした。若奥さんが立っていって、電話に答えてから、

「黒木さん、お友だちからですよ」

座敷のすみに、古風な帳場格子をめぐらした机があって、電話はその上にのっている。房代がその前にすわったとき、柱時計が重おもしく、八時をうちはじめた。飼犬のうなり声が、障子のそとで起った。

「よく聞えないの。こっちは大丈夫だけど、どこにいるのよ」

と、房代は調子を高めたが、すぐ受話器をおいて、炉端にもどってきた。

「騒音がまじって、聞えないの。もう切れちゃった」

「でも、絵美さんからなんだろう」

ぼくが聞くと、とぼんとした顔で、

「そうだと思うんだけど、ごめんね、ごめんね、とくりかえすだけで、こっちの声が、聞えないみたいだった。奥さん、小玉っていったんでしょう?」

「よく聞えなかったんですよ。すみません。黒木さんをたのみます、という声が、おっ

れの方のように聞えたもので……」

「ほかのひとから、かかってくるはずは、ないんだろう？」

と、ぼくは房代の顔をのぞきこんで、

「とにかく、絵美さんは、電話のあるところに、いるわけだ」

とつぜん、犬がひと声、吠《ほ》えた。

「ほら、犬も賛成している」

「どうしたんだろう。いまじぶん、吠えたりすることはめったにないのに」

と、若い木村君が首をかしげた。おやじさんは立ちあがって、

「にぎやかなんで、仲間入りしたいんだろう。なあ、でかお、それとも腹がへったか」

と、障子をあけた。でかおは横尾泥海男《よこおでかお》という、大男の喜劇役者からとったもので、この犬はでかくなるだろう、とつけたのだそうだ。だが、それほどには、大きくならなくて、顔は愛嬌《あいきょう》がある。あがり端に足をかけて、その顔を見せたが、すぐに土間のすみの犬小屋に、ひっこんでしまった。

「野郎、叱《しか》られると思ったか」

と、おやじさんは笑った。それから間もなく、ぼくらは、それぞれの部屋へ、ひきあげた。いい気持に酔って、仕事をするどころではない。蒲団《ふとん》にもぐりこんで、ぼくは寝てしまった。寒いので、目がさめて、時計を見ると、二時ちかい。寒いはずで、窓がすこし、あいている。寝しなに、酒でほてった顔を、夜風にさらしたような記憶があるか

いる。

　そのとき、ちゃんとしめなかったのだろう。熟睡したとみえて、頭の濁りはとれていた。

　ぼくはタオルをさげて、廊下にでた。しんとしたなかに、川水の音だけが、さらさらと聞える。階段をおりるとちゅうで、窓のそとを見ると、崖の中腹に小さい灯が、ちらちらと動いていた。禁止されている鳥網でも、そっと掛けにいく連中だろうか。薄暗い廊下をたどっていくと、露天風呂へでる戸口が、半分ばかりあいている。土間に下駄《げた》が二足あるから、最後に入ったひとが、しめわすれたに違いない。それをしめてから、大浴場に入っていくと、女性用のほうで、湯の音がしている。ぼくも湯をはねかして、ひろい浴槽に沈むと、

「ひょっとして、先生じゃない？　さもなければ、ご主人かな」

　房代の声がした。

「前のほうだ。酔いがさめたら、寒くなってね。きみはいつも、いまごろ入るの？」

　ぼくが聞くと、元気な声が答えて、

「あたしも、ひと眠りしたあと」

「酔いはさめているんだろうね。酔って、熱いお湯に入ると、からだによくないよ」

　返事はなかった。

「黒木君、どうした？　黒木君……」

　やはり、返事はない。心配になって、境いの壁に近づこうとすると、いきなり黒いも

のが、日の前に浮かんだ。ひろがった黒髪が、ざわっと湯を散らして、房代の顔になった。ぼくが思わずのけぞると、はじけるように、房代は笑って、

「どうしたの、先生」

「きみ、どこから、いったい……」

「知らなかった？　このあいだの壁、上だけなの。お湯にもぐれば、下を通りぬけられるんです」

「そうか。そういうのが、よくあるけれど、知らなかったね、ここもそうとは」

「先生がきてくれて、よかった」

といってから、タオルで、顔をぬぐって、房代は立ちあがった。ぼくの目の前に、ふっくらした乳房があった。

「酔いがさめて、寒いから、お湯に入りにきたんだけど、きのうはふたり、きょうはひとりでしょう。なんとなく淋しくて、湯舟のすみに、小さくなっていたんです」

「わりあい、臆病《おくびょう》なんだね。もっとも、狐がよってくるくらいだから、心細くなっても、無理はない」

「また来たんじゃない、狐が」

湯をさわがして、房代は湯舟をでると、窓のきわに立った。すらりとした背すじに、腰がくびれて、小気味よく尻が持ちあがっている。どこかで、見たような裸だった。昼間、崖の道から、見おろした露天風呂の裸を、ぼくは思い出した。そんなはずはない。

若い女の裸だから、おなじように見えるだけだ。そう思いながら、房代の背を見つめていると、それが顔だけ、ふりむいて、

「あれも、狐の目？　そんなこと、ないわよね。火が燃えているみたい」

「密猟者の懐中電灯か、ヘッド・ランプだろう。鳥網を張りにいくんだよ、内証でね」

湯舟のへりに手をついて、ぼくはガラス窓の外を見つめた。川水のかがやきが、ゆうべよりも、鈍いようだ。川のむこうに、かすかな光がゆれている。

「おかしいな」

「おかしいでしょう。密猟なら、山のほうへあがっていくんじゃない、あの火が？」

と、房代は片膝をついて、額に両手で、庇《ひさし》をつくった。濡れたタオルは、立てた片膝にかかっている。ぼくの位置からは、暖まって、桃いろになった尻の隙間《すきま》から、湿ったしげみが、短い顎ひげみたいに、垂れているのが見えた。一瞬、気をそそられたが、すぐに、それどころではなくなった。息をのむような声で、房代がいったからだ。

「あの火、こっちへ来るみたい。あっ、また増えた」

「増えたって、いったい……」

ぼくも浴槽をでて、ガラス窓に顔を近づけた。灯《あか》りのようなものは、四つ五つになっていた。ゆっくりと動いて、川の上にあるように見えた。

「あれ、狐火じゃない？」

「そんなはずはないよ。狐火とか、鬼火というのは、燐《りん》が燃えるんだ。きみだって、知

っているだろう。あんなところに、燐があるはずはないよ」

「でも、燃えている。また増えた。こっちへ来るわ。あたし、もう出る」

しぶきをあげて、湯に飛びこむと、房代はくるりと尻を見せて、湯舟にもぐった。ぼくはなおも、ガラスに顔をつけて、川を見つめた。光るものは、十ぐらいに増えていた。炎をあげて、燃えてはいない。青みを帯びて、ぼおっと光っている。しかも、川水に反射していないのだ。別の次元で光りながら、川をわたってくるみたいだった。ふらりふらり、左右に動いているのだが、それがまるで、人間が提燈を持って、深い川を歩いてくるような、特徴のある動きかたなのだ。

「出られない。先生、出られないよ。どうしよう」

声にふりむくと、房代が濡れた髪をふりながら、湯舟から匍《は》いあがっていた。

「どうしたんだ、いったい」

ぼくがいうと、房代はふりかえりもしないで、戸口へむかいながら、

「戸があかないの。外へ出られないのよ」

「そんな……」

「だめだ。ここも、あかない」

房代はもう、ぼくが男だということを、わすれたようだった。タイルの床に、落したタオルをひろおうともしないで、こちらをむいている。両手を前につきだして、足をわなわな、ふるわしていた。こうなると、若い女の裸でも、色気はない。

「どうして――」

浴槽のへりをまわって、ぼくは脱衣場の戸口へいった。横びらきの板戸が、いくら力を入れても、動かない。ふりむくと、ガラス窓の外に、いくつもの灯が、動いている。

「どうなっているんだ、これは」

ぼくは板戸に、からだをぶつけた。横にすべらないなら、体あたりで、外してしまおうとしたのだ。けれど、板戸にぶつかった、という気がしなかった。板戸の前に、透明なゴムの板があって、跳ねかえされたような感じだった。

「だめだ。ほんとうに、あかない」

「あたしたち、閉じこめられたのよ。どうすればいいの？　なんとかしないと、大変なことになるわ」

と、房代は境いの壁に走りよった。

「落着きなさい。湯につかっていりゃあ、大丈夫だ。朝になれば、だれか掃除にくる」

ぼくが声を大きくすると、房代は壁に顔を押しつけて、片手でガラス窓をさしながら、

「それまでに、あれが入ってくる。さっき電話で、絵美がいったの。あれのことなのよ。なんだか、わからなかったけど、あれのことなんだ、あれの」

「しっかりしてくれ。絵美さんは、いったい、なんていったんだ？」

ぼくが肩をつかんで、ゆすぶると、房代はしがみついてきながら、

「ごめんね、ごめんね、といってから、あなたも早く逃げて、といったの」

6

プラスティックの湯桶《ゆおけ》を、ぼくは脱衣場の戸に、力いっぱい投げつけた。桶は跳ねかえって、洗い場のタイルの上を、からからところがった。戸にあたった、という感じはしなかった。腰掛を投げてみたが、おなじことだった。もう一度、体あたりしたが、やはり跳ねかえされた。

「だめだ。湯に入っていたほうがいい」

「助けて!」

と、房代は大声をあげた。そのからだを、ぼくは抱きすくめて、湯舟のほうに引きずりながら、

「叫ぶんなら、湯のなかで、いっしょに叫ぼう」

ガラス窓に顔がむいたとたん、房代のからだが、硬わばった。喉がしめつけられるようで、ぼくも声がでなくなった。

「怖い。怖いよ」

と、房代はぼくにしがみついた。ふたりはいっしょに、湯舟にころがりこんだ。それでも、ぼくはあの光景を、見つづけていたような気がする。窓ガラスの下半分は、青ざめた光の玉で、おおわれていた。えたいの知れない灯は、窓に近づくと、ガラスに貼り

つくようだった。窓の外が深海で、光るくらげが、よってきたみたいだった。

「おおい、だれか来てくれ。助けてくれ」

湯のなかで、ふるえる房代を、抱きしめながら、ぼくは声をあげた。またひとつ、光が窓に貼りついた。その上に、またひとつ、青い火がのしかかった。

「助けてくれ。だれか来てくれ」

ぼくは叫びつづけたが、房代はなかば口をあいて、窓を見つめていた。全身を押しつけて、湯のなかに立ちながら、首だけを窓にむけている。若い女性を抱いているのに、感情は動かなかった。湯はぬるくなっているようだった。天井のあかりも、暗くなっている。窓ガラスをおおった青い光だけが、じわじわ、面積をひろげていた。

「どうなるの。ねえ、どうなるの、あれがいっぱいになったら」

呻《うめ》くように、房代がいった。天井のあかりは、いよいよ暗くなった。湯舟からは、湯気が立っていない。ぼくは房代を押しのけて、湯舟からあがろうとした。

「いや、いや、離さないで」

「大丈夫だ。ちょっと、待っていろ」

ぼくは手をのばして、窓ガラスにふれた。冷たかった。痛いほど、冷たかった。ガラスはほとんど、青い灯におおわれている。目には見えなかったが、ひびが入っているようだった。ぼくが湯舟にもどると、房代がすがりついてきて、

「どうなの。どうなっているの」

浴槽のなかは、ぬるま湯だった。ガラスをおおった光で、房代の顔は、死人のように見えた。からだを、ぼくにあずけて、房代はずるずる、湯に沈みかけた。窓はもう、くらげのようなもので、完全にふさがれていた。青ざめたまるい光のひとつひとつに、その中心に、なにかがあるようだった。寒天に封じこめた青梅みたいにも見えたが、そんなものではない。目だ。しかも、生きている目ではなかった。死人の目だった。死人の目だが、それは動いて、ものが見えるようだった。どろりとした目が、いっせいに動いて、ぼくを見たときには、心臓がとまるか、と思った。

ぼくは房代をはなして、浴槽から飛びだした。女のからだは、ぬるま湯のなかに、ぐずぐずと沈んだ。脱衣場の戸はあいた。ぼくは丹前をかかえて、大浴場を走りでたが、廊下の寒さに、われに返った。このままでは、房代は死んでしまう。女の脱衣場に入って、房代の丹前をかかえると、もとの男の入口にもどった。風呂場をのぞくと、あかるくなっていた。窓ガラスには、なにもなかった。湯舟のなかに、白いからだが見える。ぼくは飛びこんで、房代をかかえあげた。

からだは冷たく、息もしていないようだった。脱衣場の床に横たえて、乳房の下に耳をあてると、鼓動が聞えた。濡れたからだをタオルでふいて、丹前をきせようとしたが、手に負えない。ぼくは丹前をきて、尻をはしょると、房代に丹前をかぶせて、抱きあげた。重くて、足がよろめいたが、どうやら、階段をのぼった。見られた恰好ではなかったが、しかたがない。あの怪しい光が、消えてしまったのだから、若い木村に応援をもとめても、信じてもらえるかどうか。

息を切らしながら、二階まではこんで、ちょっと迷ってから、ぼくの部屋に入れた。炬燵に押しこんで、ほっと息をつくと、頭がくらくらした。ウイスキーの壜《びん》をあけて、ひと口、大きく飲んでから、茶碗についで、房代の口にあてがった。鼻をつまんで、なんとか口につぎこんで、これで大丈夫だろう、と思ったら、どっと疲れた。蒲団にもぐりこむと、たちまち、わけがわからなくなって、気がつくと、窓の障子があかるくなっていた。起きあがって、炬燵に匍いよると、房代は目をあいていた。

「先生、あたし、どうしたの？」

「おぼえていないか。風呂場で、気を失ったんだよ、きみは」

「なんだか、怖かったのは、おぼえているけど……」

房代は起きあがると、あわてて丹前を腰にかけた。

「あたしたち、なにかしたの、ゆうべ」

「それどころじゃあなかったよ。きみ、早く部屋へもどったほうがいい。女中さんがきて、へんに思われると、いけないから」

いやに素直に、房代はうなずいて、丹前をきると、ぼくの部屋をでていった。間もなく外で声がして、朝めしを運んできた。ゆうべは酔って、早く寝た、と思って、気をきかしてのことだろう。熱い味噌《みそ》汁をのんで、めしを食っていると、夜なかのことが、嘘《うそ》のようだった。けれど、めしを食いおわらないうちに、房代がころげこんできた。縄模

様のスウェーターに、ジーンズすがたで、のめるように畳に両手をつくと、

「先生、絵美が――」

「どうしたんだ、絵美さんが……」

「下の川で、死んでいるんですって」

「どうして？」

「わからない。先生、いっしょに行ってよ。ひとりじゃ、あたし、行かれない」

ぼくは三尺をしめなおすと、房代をうながして、廊下にでた。玄関におりると、木村君が立っていて、

「先生、大変なことになりましたよ。医者に電話はしたんですが、もうどうしようもないでしょう。警察へも、電話しておきました」

戸外で、泥海男が、さかんに吠えている。下駄を借りて、木村君のあとにつづきながら、

「どうしたんだろう、いったい」

「わかりませんが、夜ふけに歩いて、帰ってきたんじゃないでしょうか、都会のひとは知らないから、山の夜を」

旅館の前の道をおりていくと、川が折れまがっていて、橋がある。すぐ下の小石の河原に、オレンジいろのブルゾンをきた女が、倒れていた。泥海男が吠えながら、河原への道を、走りくだっていった。房代は橋の欄干をつかんで、くちびるを嚙《か》みしめながら、

河原を見おろしている。

「絵美さんかい、あれは」

「そうだと思う」

「おりていってみよう」

「でも……」

「さあ、しっかりして」

ぼくは腕をつかんで、房代を引きずっていった。

「絵美は——絵美は、あたしを助けようとして、帰ってきたんだわ、きっと」

と、房代は泣声でいった。

「あたしのせいよ。あたしが殺したんだ」

「そんなこと、いっちゃいけない」

「でも、思い出したのよ、ゆうべのこと」

「それも、いっちゃいけない。あんなこと、信じてくれやしないよ、だれも」

ぼくは小声でいいながら、房代を引きずるようにして、河原へおりた。泥海男は死体のそばまでいくと、急におびえたように、尾をたれて、あとじさった。オレンジいろのブルゾンの女は、俯伏《うつぶ》せに倒れていた。ぼくは肩に手をかけて、

「勇気をだして、顔を見るんだ」

死体を起すと、房代は息をのんだ。顔をそむけて、呼びとめる間もなく、道をかけあ

がっていった。ぼくも、死体の顔を見て、逃げだしたくなった。恐しい顔だった。目をみひらいて、口もゆがんでいる。よほど怖いものを見て、そのショックで、死んだのだろう。顔に傷はないし、服に血もついていない。

「絵美さんかい、間違いなく」

橋のたもとまで、のぼっていってから、ぼくが聞くと、房代は顔をしかめて、

「わかるはず、ないでしょう。あんなひどい死にかたで……」

怒ったような声でいうと、ずんずん宿のほうへ、戻っていった。

「間違いないですよ。あのひとのおつれの方です」

と、木村君が小声でいった。

「そうか。きみは顔を見ているんだな」

ぼくがいうと、木村君は眉をひそめて、

「見ちがえましたがね、最初は」

「なにか見たんじゃないかな、よほど恐しいものを」

ぼくも死んでいたかも知れないのだ、と思ったら、背すじが寒くなった。ぼくの話は、これっきりなのだが、絵美の親が死体をひきとりにきて、房代もいっしょに、東京へ帰っていった。絵美がひと晩、どこへいっていて、宿へどこから、電話をかけてきたのかは、けっきょく、わからなかった。ぼくはもうしばらく、その宿に滞在していたが、夜の十二時をすぎたら、湯へは入らないことにした。だから、あのおかしなものが、その

後も現れているかどうかは、わからない。炉ばたで、酒を飲んでいるとき、おやじさんに、

「これで、東京へもどると、雑誌はもう、夏の号なんだ。怪談の随筆を、たのまれているんだが、なにかおもしろい話はないかな」

と、聞いてみた。おやじさん、にこにこしながら、

「このへんでかね。そりゃあ、いろいろ化けもの話はあるが、狐が滝壺で、火祭をしていたとか、山おんなが白い顔に、まっ赤な口をあいて、木の枝の上で笑っていたとか、古くさいものばかりですよ」

「狐の火祭か。狐火がさかんに、燃えるわけだね。木村さんも、見たことがあるんじゃない？　狐火を」

ぼくが水をむけても、おやじさんは肩をすくめて、

「わたしがここへ引っこんでからは、そんなものは見たことはない。藪のなかに、青い火が見えたって、いまの若いひとたちは、狐火だなんて、思いませんよ。エレクトロニクスで、やっているんだろう、という時代だから、狐もはりあいがないんでしょう」

トマトと満月

小川洋子

フロントで101号室の鍵を受け取り、部屋の扉を開けると、中に犬を連れた見知らぬおばさんがいた。背筋を伸ばし、両手を膝の上にのせ、ソファーの真ん中に座っていた。

「失礼」

慌てて僕は扉を閉め、部屋のプレート番号と鍵を確かめた。何度見直しても、そこは101号室だった。

「あの、もしかして、部屋をお間違いじゃないですか」

慎重に僕は言った。

おばさんは驚きもしなかったし、申し訳なさそうにもしなかった。ただ、犬の頭を撫でただけだった。犬は黒いラブラドールで、ソファーの足元に行儀よく寝そべっていた。

「あなたは、どちらさま？」

歳のわりに少女っぽい声だったので、僕の方がうろたえた。

「たった今、この部屋にチェックインした者です」

「私もです」

落着き払って彼女は答えた。

「ホテル側の手違いかもしれませんね。フロントへ電話してみましょう。鍵を見せていただけませんか」

「鍵？」

まるでそれが難解な医学用語ででもあるかのように、彼女は首をかしげ、宙に視線を漂わせた。

「そうです」

僕は少しイライラしはじめていた。締切に追われて昨夜は寝ていなかったし、途中渋滞に巻き込まれてすっかりくたびれてしまった。一刻も早くシャワーを浴び、一眠りしたい気分だった。

「101号室の鍵です」

「ああ、そうだったわね。ごめんなさい。私も今それを探しているところなの。そのあたりに置いたはずなんだけど、見当たらなくて……」

彼女はドレッサーの方を指差したが、動く気配はなかった。人形のようにずっと同じ姿勢で腰掛けたままだった。犬が欠伸をし、尻尾の向きを変えた。

そう、確かに人形に似ていた。小柄で、色白で、髪を真っすぐおかっぱに切り揃えていた。手首や指やふくらはぎはあまりにも細く、何か特別な材料でこしらえてある物のように見えた。

「どうやってここへ入ったんです？」

僕は尋ねた。

「テラスからよ」

今度は窓を指差した。

よく晴れて眩しかった。芝生の庭はスプリンクラーの水に濡れ、キラキラ光っていた。その向こうのプールからは子供たちの歓声が聞こえ、さらにその向こうには波のない海が見えた。テラスのデッキチェアに小鳥が止まり、すぐにまた飛び去っていった。

「窓が開いたままになっていて、そよ風が吹き込んで、とっても気持よさそうだったから、玄関へ回るのが面倒になっちゃったの。テラスから入った方が簡単でしょ？」

彼女は微笑んだ。

「ええ、そうですね。でも、お部屋を間違われたようですよ。ここは僕の部屋です」

わざと乱暴に、僕はボストンバッグをベッドへ放り投げた。

「あら、まあ大変。ごめんなさいね。すぐにおいとまするわ」

シルクのストールでくるんだ荷物を脇に抱え、犬のリードを引っ張り、ようやくおばさんは立ち上がった。立ち上がると余計、その小ささが目立った。犬は一度身震いし、彼女の左足に寄り添った。

どうぞ、と僕が扉を開ける間もなく、おばさんとラブラドールはテラスを通り抜け、外へ出ていった。足音もテラスの板が軋む気配もしなかった。やがて彼女たちは光に紛れ、見えなくなった。ソファーの下に、犬の黒い毛が数本だけ残っていた。

次の日朝早く岬の先まで車を走らせ、日の出の写真を撮り、魚市場を取材して、ホテルの駐車場まで戻ってきた時、またおばさんに会った。

脇にストールの包みをはさみ、反対の手には何か果物が山盛りになった籠を提げて調理場の裏口に立っていた。かたわらにはやはり黒い犬が控えていた。

僕は車を止め、地図を折り畳んでダッシュボードにしまった。そのまま知らぬ振りをして駐車場を横切ろうとした。

実際、知らない相手なのだし、目でも合えばもちろん会釈くらいはするだろうが、それ以上何の関わりもないのだ。悪いのは向こうなのだから、こっちからわざわざ声を掛ける必要などないのだ。と、僕は自分に言い聞かせた。

なのになぜか、知らず知らずのうちに彼女から視線が外せなくなり、車の陰に隠れて様子をうかがっていた。リゾートホテルでバカンスを楽しむ客にしては、どこか風変わりで、もしかしたら取材のネタになるかもしれないという計算が働いたからだろうか。それとも、思わず「どうしたんだ」、と話し掛けたくなるくらい、犬の目がはかなげだったからかもしれない。

「いいんですのよ。どうぞご遠慮なさらないで下さい」

調理場のコックらしい男に向かって彼女はそう繰り返し、山盛りの籠を男に渡そうとしていた。

「私どもの農園で有機栽培したものですの。とびきり上等のトマトです。こんなにたくさん採れてしまって困っているくらいなんです。こちらでお役に立てていただければ、ありがたいですわ」

トマトなのか、と僕は思った。コックは困惑の表情を浮かべ、籠を受け取ろうかどうしようか迷うように、両手をぎこちなく持ち上げていた。それでもおかまいなしに、彼女は男の胸にトマトをぐいぐい押し付けていた。

ありがたくというよりは、半ば彼女を追い返すため仕方なくといった感じで、ようやくコックはトマトを受け取った。

「どうぞ、お気になさらないでね。いくらでもあるんですから。ほんのちょっとした気持です。申し訳ないなんて、お思いにならなくても結構なんです」

彼女は満足そうな笑みを浮かべていた。そして犬を連れ、車の間を縫って海岸の方へ歩いていった。僕にはちらりとも視線を向けなかった。

ダイニングは込み合っていた。ほとんどが家族連れか、若いグループだった。子供のはしゃぐ声と、食器のぶつかる音が満ちていた。よく磨き込まれた窓には、一面海が映っていた。

天井は吹き抜けで、貝殻の形をしたシャンデリアが下がっていた。絨毯とテーブルクロスはお揃いのブルーだった。ビーチサンダルからこぼれ落ちた砂が、所々に散らばっていた。

僕は柱の裏側に隠れた小さな丸テーブルに案内された。コーヒーとトーストを二枚、ベーコンを添えたオムレツ、それにグリーンサラダを注文した。トーストはちょうどいい焼き加減で、まだ十分に温かかった。ベーコンの脂の具合も、コーヒーの香りも申し分なかった。

なのにオムレツは妙に水っぽかった。トマトが入っているせいだった。プレーンオムレツを頼んだはずなのに、なぜかたっぷりとトマトのみじん切りが入っていた。サラダの中もトマトだらけだった。

さっきあのおばさんが差し入れていたトマトだろうか。

そう思いながらオムレツを飲み込んだ瞬間だった。

「こちらのお席、空いているかしら」

どこからともなくおばさんが現われた。親愛と自信に満ちた微笑みをたたえ、ストールの包みを胸に抱き、犬のリードを手首に巻き付けていた。

あまりに不意のことで、僕はオムレツを喉に詰まらせ、返事もできないまま咳き込んだ。おばさんは正面に腰掛け、包みを膝の上にのせた。

「お水を飲んだ方がよろしいわね」

彼女はコップの水をこちらへ滑らせた。僕は言われる通りにした。

「昨日は失礼しました」

彼女は言った。犬がテーブルの下に潜り込んだ。

「いいえ、いいんです」

オムレツを食べる手を休めずに、僕は答えた。

「ご気分を悪くなさったんじゃありません？」

「誰にでもある間違いです」

「そう言っていただければ、私も気が楽ですわ」

ここで会話が途切れた。僕には話すことなど何もなかった。沈黙をやり過ごすため、サラダを口に押し込めた。彼女はそんな僕の様子をじっと眺めていた。

シュガーポットをいじる指先はか細く、ほんの少し強く握ったら、あっけなく砕けてしまいそうだった。ブラウスの上からでも肩の骨張った感じがうかがえた。衿元からは鎖骨がのぞいていた。

「こちらには休暇で？」

再びおばさんは口を開いた。

「いいえ。仕事です」

「あら、どんな？」

「女性雑誌にこのホテルの紹介記事を書くんです」

「まあ、素敵じゃない」

食べても食べても、サラダのトマトは減らなかった。いい加減うんざりしてきた。おばさんはシュガーポットを撫で回したあと、紙ナプキンを小さく折り畳み、またそれを元に戻した。

「注文を取りに来ませんね」

僕は言った。

「いいんです。どうぞ私のことは構わないで下さい」

おばさんは答えた。ナプキンを畳みながらも、僕から視線をそらさなかった。

「ウエイターを呼びましょう」

僕が合図を送ろうとすると、身を乗り出してさえぎった。

「いいんです、ってば。朝ご飯なんて、食べなくても平気です」

わずかに触れた指の感触が冷たかった。仕方なく僕はまたサラダに神経を集中させた。

「そのトマト、美味しいでしょ？」

僕はうなずいた。

ふ、ふ、ふ、とおばさんは笑った。

「私がホテルに差し上げたトマトなの」

オムレツもまだ半分残っていた。どろりとした黄身にまみれ、トマトはぐったりしていた。

「知っています」

早くこれを平らげて、僕は席を立とうとした。ほとんど噛みもしないで飲み込んだ。

「拾ったの」

おばさんは言った。

「昨日、橋の上に落ちていたのを拾ったの」

僕はよく聞き取れない振りをして、とにかく食事を続けた。ナイフと皿がぶつかって耳障りな音がした。

「居眠り運転のトラックが横転して、荷物が全部散らばって、橋の上は一面トマト。見事な眺めだったわ。あの風景を目の当たりにしたら、誰だって拾わずにはいられないはずよ。運転手はぺちゃんこになった運転席にはさまれて即死よ。腰骨も肺も脳味噌も潰れてたの。ピューレにされたトマトみたいに」

ようやく最後の一口になったオムレツを飲み込み、僕はナイフとフォークを置いた。皺だらけになった紙ナプキンで口元を拭い、それを丸めてテーブルの真ん中に転がした。

「それではどうも、お邪魔しました。失礼します」

彼女は礼儀正しく会釈し、混雑したダイニングルームをすうっと通り抜けていった。結局、ウエイターは注文を取りに来なかった。

午前中、副支配人に案内され、客室の写真を三種類撮った。スタンダードとデラックスとスイートだった。浴室、ベランダ、クローゼット、シャンプーセット、スリッパ、冷蔵庫。思いつくかぎり、ありとあらゆる写真を撮った。僕のそばで副支配人は、このホテルがいかに快適で豪華で美しいかについて、休みなく喋り続けていた。

午後の取材場所はビーチだった。イルカの形をした看板に、水色のペンキで〝ドルフィンビーチ〟と書いてあった。

砂浜にはパラソルと軽食スタンドと簡易シャワーが並び、入江の東側は岬に続いていた。桟橋に遊覧船が横付けされていた。

「イルカを見学する遊覧船は、次いつ出航します？」

かき氷を売っている若い女に僕は尋ねた。

「えっ？」

と、女は聞き返した。僕がひどく的外れな質問をしたかのような、面倒そうな表情をした。

「イルカの遊覧船です」

僕は声を大きくして繰り返した。

「……」

「沖合に網を張って飼育している、イルカです。ほら、パンフレットにも載ってる」

「死んだわ」

氷にレモンイエローの蜜を振り掛けながら、女は答えた。

「死んだのよ。三頭とも」

僕はため息をつき、機材の入った重いショルダーバッグを持ち上げた。

〝ドルフィン号〟と書かれた遊覧船の文字は、ドの点々と、小さいイと、号の下半分が消えかけ、桟橋と船をつなぐ鎖には海藻が絡みついていた。


バーで二杯ウィスキーを飲んだあと、ホテルの裏手を散歩した。とろけてしたたり落ちてきそうな、金色の満月が出ていた。

テニスコートにもアーチェリー場にも人影はなかった。受付の窓にはカーテンが下り、夜間照明は消され、誰かが忘れていったらしい汚れたリストバンドが一つ、落ちているだけだった。

パットゴルフの芝生を横切り、葡萄の果樹園になっている丘を登った。月のおかげで足元はぼんやり明るかった。風はなかったが、昼間の暑さは和らいでいた。

頂上には小さな木のベンチと、壊れた望遠鏡と、温室があった。僕はベンチに腰掛けた。夜の海はもう眠りについているように見えた。誰一人、泳いでいる人はいなかった。

微かに草を踏む足音が聞こえた。衣擦れの音がし、金具がカチカチと鳴った。振り向かなくても、僕にはそれが誰なのか分かった。

「こんばんは」

おばさんは言った。

「こんばんは」

僕は答えた。ほとんど空いたスペースはなかったはずなのに、おばさんは隣に腰掛けた。肩をすぼめるでもなく、僕を押しやるわけでもなく、小さなすき間に身体をすっぽり収めていた。足元の犬も、膝の上の包みもいつも通りだった。

「お仕事はうまくいきました？」

「ええ、まあまあです」

「ホテルの紹介記事って、例えばどんなふうに書くんです？」

おばさんは首を傾け、僕をのぞき込んだ。質素で特徴のないブラウスとスカート姿だった。身を飾るアクセサリーは何一つ見当たらず、ただ犬の赤いリードがブレスレットのように手首に巻き付いているだけだった。頰は白く透き通り、目尻には皺が目立った。爪先をきちんと揃え、包みが落ちないよう両手でしっかり支えていた。

「一歩ここへ足を踏み入れれば、あなたはもう楽園の気分を味わうことができます。地中海をイメージした客室はもちろん全室オーシャンヴュー、バルコニー付き。ホテルマンたちが親しみに満ちた笑顔で迎えてくれます。石けん一個、バスタオル一枚にいたるまで、品質にこだわり、どんなサービスにも丁寧さがこもっています。ビーチまでは歩いて三十秒。波は穏やかで、子供連れでも安心して楽しめます。沖合で飼育しているイルカと一緒に泳ぐこともできます。……こんな感じですよ。どこのホテルだってたいてい同じなんです。もっとも、イルカは死んじゃったみたいですけど」

僕は足元の土を靴の先でつついた。ラブラドールがくしゃみをした。黒い毛が闇に溶け込んでいた。

「ええ、知っているわ。伝染病に罹ったのよ。肺に寄生虫がわいたの」

彼女は海の方に目をやった。月明かりが横顔を照らしていた。

会話が途切れると波の音がした。それは空の遠いところから響いてくるようだった。

「どうして僕に、話し掛けてきたんです？」

そう言ったあと、あまりにも率直すぎる質問のような気がして、僕はどぎまぎした。

「迷惑だったかしら」

「いいえ。そういう意味じゃありません」

僕は首を横に振った。

「私の命の恩人に、とてもよく似ていたからよ」

彼女は髪を耳に掛けた。真っ白で薄っぺらな耳だった。

「三十年近く昔の話よ。雪の日に道に迷って、どうしようもなくなったの。あたりを見回してもただ雪が見えるばかりで、何の目印もない。今日みたいに、しんとした夜だった。もし今、ここで雪が降りだしたとしたら、きっと三十年前と同じ夜がよみがえるわ」

本当に雪を待つかのように、彼女は夜空を見上げた。でもそこにはただ満月と星が瞬いているだけだった。

「私一人だったら、じたばたしなかったと思う。たぶん静かに死んでいったでしょうね。たいした後悔もなく。でもその時は一人じゃなかったの。子供が一緒だったの。可愛い利発な、十歳の男の子よ。だから死ねなかったの。どうしてもそこから脱出する必要があったのよ」

「ええ、分かるような気がします」

「あなた、お子さんは？」

「います。十歳の息子が」

「まあ、偶然ね」

「でも、三つの時別れたきり、会っていないんです。離婚した妻が許してくれなくて」

「そう……」

しばらく僕たちは黙って海の音に耳を澄ませた。

「動物園からの帰りだったわ。寒すぎてお客なんて誰もいなかった。私たち二人きりよ。あの子が着てたオーバーの形とか、手袋の模様とか、全部思い出せるわ。キリンの首はどうしてあんなに長いの？　理不尽だよ、って言ったのよ、あの子。たった十歳で、理不尽なんて言葉が使えたの」

「賢いですね」

「ええ。私にとって、自慢の少年だった。雪はどんどんひどくなっていったわ。お腹が空いて、足が動かなくなって、めまいがしてきた。でもあの子は泣かなかった。ぎゅっと私の手を握って、まっすぐ前を向いてた。この世で一番大事なものだけは失うまいとするみたいに、ぎゅっとね」

まだそこに残っている子供の感触をよみがえらせようとするように、彼女は自分の掌を見つめた。

「その時よ。暗闇の向こうから、一台車が走ってきたの。犬一匹通っていなかった道に、突然、何の前触れもなくよ。そして私たちの前に停まったの。あらかじめそう決められていたみたいに、すーっと。

『お宅までお送りしましょう』

運転席の男は言ったわ。あなたみたいな、礼儀正しい声でね」

「本当に、僕に似てたんですか」

「そっくりよ。昨日、101号室で会った瞬間、そう思ったの。髪型、目の雰囲気、鼻から顎にかけてのライン……。どこもかしこも、そっくりなの」

彼女は僕の横顔を指でなぞった。僕はじっとされるがままにしていた。冷たくか細い指先だった。それはいつまでも離れようとしなかった。

その夜、僕は夢を見た。イルカの肺の中で、寄生虫がうごめいている夢だった。寄生虫は互いに絡みあいながら、つるつるした肺の壁に頭を埋め込もうとしていた。イルカが空気を吸い込むたび、寄生虫の細長い身体がいっせいに揺らめいた。その動きがおばさんの指の感触に似ていた。肺の壁からにじみ出た血が、あたりを染めた。

プールの水は冷たくて気持ち良かった。今日はこの夏最高の暑さになると、さっきラジオのニュースで言っていた。

ダイニングのテラスにはパン屑を狙って小鳥たちが集まっていた。海岸にはそろそろパラソルが開きはじめていた。

僕はクロールでゆっくりとプールを往復した。底にブルーのイルカの絵が描かれているせいで、水も同じ色に染まって見えた。

息継ぎをするたび、昨日登った丘の頂上の温室が目に入った。ガラスに朝日が反射して眩しかった。

これで何回めのターンだろう。四百メートルまで数えたところで分からなくなった。とにかく、へとへとになるまで泳ぎたかった。イルカは尾びれをピンと立て、丸い目を見開いて僕のことを見ていた。底に散らばったまだ溶けきらない消毒用の錠剤から、小さな泡が立ち上っていた。

プールサイドにつかまり、顔を水から出したとたん、拍手が聞こえた。

「お上手ね。このまま永遠に泳ぎ続けるのかと思ったわ」

デッキチェアの上からおばさんが手を振っていた。

「クロール以外には何ができるの？」

おばさんと犬がいるパラソルの下だけ、影の色が濃い気がした。飲み物をお盆に載せたウエイターが、僕たちの間を横切っていった。おばさんは昨日と同じブラウスとスカートを着ていた。

僕は今度は平泳ぎで三往復し、背泳ぎで二往復した。一段と拍手が大きくなった。ラブラドールまでが感心したような表情をしていた。

「素晴らしいわ。オリンピック選手みたいじゃない」

浮き輪につかまってはしゃいでいる子供も、日焼け止めクリームを身体に塗り付けているビキニの女も、デッキチェアに寝そべって新聞を読んでいる男も、誰も僕たちのことなど気に留めていなかった。僕の泳ぎを誉めてくれるのは、おばさんと犬だけだった。

「あと残っているのはバタフライね。バタフライはちょっと、難しすぎるんじゃないかしら」

「平気ですよ」

犬をもっともっと感心させたくて、僕はバタフライをやってみせた。しぶきが舞い上がり、浮き輪の子供が隅によけた。やはり息継ぎの時、温室が見えた。人々のざわめきが響き、水に潜るとそれが消えた。消毒剤はどんどん小さくなっていった。

「ブラボー、ブラボー」

おばさんは立ち上がり、足を踏み鳴らし、口笛まで吹いた。それに調子を合わせるように、犬は尻尾を振った。

別館の一階、中庭に面した西の端は図書室になっていた。ソファーとライティングデスクとロッキングチェアがバランスよく配置され、壁に沿って天井まで届く立派な本棚がしつらえてあった。

どれも古い本ばかりだった。文学全集、詩集、植物図鑑、絵本、アメリカ風田舎料理の作り方、十三世紀の黒魔術、ビジネス英語の活用辞典……。あるものは綴《と》じ糸がほころび、あるものは背表紙の文字が消えていた。

「顎を引いて、もう少し左に顔を向けて下さい」

僕は言った。

「私、おかしくないかしら。一応髪は櫛でといてきたんだけど」

おばさんは心配そうに言いながらも、わくわくした気持を抑えきれない様子で髪の毛をいじった。

「ええ、大丈夫ですよ。立派なモデルです」

僕はカメラのシャッターを押した。

プールはあんなににぎわっていたのに、図書室は静かだった。ここで本を読もうとする客は一人もあらわれなかった。

天窓からの光がちょうどおばさんの足元に差し込み、犬の背中を明るくしていた。時折風が吹き込んでレースのカーテンを揺らした。犬はおとなしく、どんな時でもおばさんに付き従い、まるで彼女の身体の一部であるかのようだった。

「緊張しなくていいんです。ごく自然に、本を読んでいてくれれば」

僕の注文におばさんは素直に応じた。

〝午後のひととき、図書室で静かに過ごすのも、また優雅です〟

そんな文句を考えながら僕は写真を撮った。ここには何冊くらい蔵書があるんだろう。あとで副支配人に確かめておこう。

「すみません。その包みなんですけど、ちょっとよけておいてくれませんか。どうも気になるんです」

本を開きながらも、彼女は相変わらずストールでくるんだ荷物を膝に抱えていた。

「これは駄目なんです」

彼女は首を横に振った。

「預かっておきますよ」

僕が手をのばそうとすると、あわてて彼女はそれを抱き締め、背中を向けた。初めてラブラドールが吠えた。

「すみません」

僕は謝った。

「いいのよ」

その鳴き声は天窓にぶつかり、図書室の空気をいつまでも震わせていた。

「撮影を続けましょう。あともう少しで終わりです。お疲れじゃありませんか」

「もう終わりなの？　名残惜しいわね」

再びおばさんはポーズをとった。ファインダーの中で、おばさんはますます小さくなってゆくようだった。

「どうして皆、ここへ来ないのかしら」

「さあ。静かすぎるのが嫌なんでしょう」

「こんな立派な図書室なのに……」

「ラウンジから飲み物でも運んでもらいましょうか」

「いいえ。気にしないで。もう少しこのままでいましょう」

中庭の木立をすり抜けてくる日差しが、床にレースの模様を描いていた。息を深く吸い込むと、古い紙の匂いがした。いつの間にかラブラドールは眠りに落ちていた。

「車の中はとっても暖かかったの」

迷子になった話の続きだと、僕はすぐに分かった。

「ソファーは柔らかくて、ラジオからは何か優しい音楽が流れていたわ。窓の外では相変わらず雪が降り続いているっていうのに、車の中は別世界だった。私と息子のためだけに用意された、特別な世界よ」

「よほど乗り心地のいい車だったんですね」

「そうよ。ようやく息子も安心して、握っていた手を離して、遠慮気味にドアロックのボタンを撫でたり、革のクッションの匂いをかいだり、窓の曇りを拭ったりしはじめたの。自家用車なんてまだ珍しい時代だったのよ」

「で、僕に似た男は何者だったんです？」

「分からないわ」

残念でならないというふうに、おばさんはうな垂れた。

「お礼をしようとして名前を尋ねたんだけど、答えてくれなかったの。職業も、住所も、何の用事でこれからどこへ行くのかも。でも、あなたにそっくりだってことは間違いない。指の表情まで似ている。後部座席からずっと、ハンドルを握った彼の手を見つめていたから、今でもはっきり覚えているの」

僕はフィルムケースに載せた自分の手を見やった。何の変哲もないただの手だった。風の向きが変わると、微かにプールのざわめきが聞こえた。でもただの、空耳だったかもしれない。部屋を取り囲む本たちは静けさの壁となり、僕たちを外の雑音から守ってくれていた。

「その頭のいい息子さんは、今何をしていらっしゃるんですか？」

僕は尋ねた。

「十二の時別れて以来、一度も会っていないわ」

包みの結び目をいじりながら、おばさんは答えた。いつも持ち歩いているためか、手垢がつき、所々擦り切れていた。

「本当の私の子供じゃなかったの。主人だった人の、連れ子よ。私は一度も子供を生んだことなんてないわ」

ラブラドールが薄目を開き、後ろ足で首の下を掻いた。首輪とリードをつなぐ金具が鳴った。やがて、また眠りが訪れた。

「ちょうど、あなたと同じくらいの歳になっているはずだわ」

「僕はあなたの恩人であり、息子だ」

「ええ、その通りよ」

おばさんが微笑むと顔中に皺が寄り、半分悲しんでいるように見えた。

朝張り切って泳ぎすぎたせいで、身体がだるくなってきた。このままじっとしていると、僕まで眠ってしまいそうだった。

「その包みには、何が入っているんですか。よほど大事なものなんでしょうね」

ずっと気になっていた質問を、ようやく僕は口にした。

「原稿です」

おばさんはまたそれを胸に抱き寄せた。

「大丈夫です。決して取り上げたりしませんから」

「少しも油断がならないのよ。用心にも用心を心掛けているの」

「原稿って、どんな？」

「小説の原稿。私は作家なの。これが盗まれたらもう取り返しがつかないでしょ。だからこうしていつも持ち歩いているの」

「そうだったんですか。それは大事にしなくちゃ……」

「あなただってものを書いている人間なんだから、分かってくれるはずよね」

「もちろんです。もっとも、僕の原稿なんて誰が書いてもそう大差はないんですけど。じゃあ、こちらへは執筆のために？」

「まあ、そんなものかしら」

中庭で蟬が鳴きだしたが、すぐに止んだ。天窓からの光が少しずつ部屋の端に移動していた。犬の背中は影に沈んでいた。

「仕事部屋を留守にすると、すぐに泥棒が入るの。原稿を盗んでゆくのよ」

おばさんは話を続けた。

「本当に？」

「ええ、本当よ。すぐそこのスーパーで買物をして帰ってみると、電気スタンドの位置がずれてる。原稿用紙の端がめくれてる。次の日、犬の散歩から戻った時は、消しゴムが床に落ちて、吸い取り紙が一枚なくなってた。それから外出から戻るたびに、何かしら人の気配が残っていたの。気味が悪かったわ。でもピンときたのよ。これはただの泥棒じゃない。私の小説を盗みに来たんだってね」

おばさんはだんだん早口になり、それに合わせて結び目を触る指先の動きも激しくなってきた。しかしよほどきつく縛ってあるのだろう。包みが解ける気配はなかった。

「しばらくして案の定、あの眼鏡をかけた猫背の女が、私の書いていたのとそっくり同じ小説を出したのよ。ストーリーも登場人物の性格も題名までもが同じなの。ひどすぎるでしょ？」

僕は黙ってうなずいた。

「あの女、自分が書いた振りして、図々しくもインタビューに答えてたわ。『これまで私が築いてきた世界を全部壊すことからはじめました』なんて言ってたのよ」

憎々しげに彼女は舌打ちした。一瞬だけ、唇の間から舌がのぞいた。びくっとするほど赤かった。昨日食べたトマトを思い出した。

「だからこうして、原稿はいつも持ち歩くようにしているの。いつどこで、誰に狙われるかもしれないから。今ちょうど八百枚まで書いたところなの。あと二百枚で完成よ」

おばさんは包みに頬ずりした。あまりにひどく垢が染みついているせいで、元々何色のストールだったのか見分けがつかなくなっていた。絹の柔らかさはとっくに失われ、ほつれた糸が何本も垂れ下がり、おばさんの身体と触れるたびガサガサと音を立てた。

「ここに、あなたの本はありますか？」

包みから目をそらし、僕は言った。

「ええ、あります」

おばさんは立ち上がり、迷いなく、本棚の真ん中あたりから一冊の本を取り出した。

「『洋菓子屋の午後』……」

僕は題名をつぶやいた。包みと同じくらいみすぼらしい本だった。薄っぺらで、表紙は反り返り、あちこち虫が喰っていた。

「どうにか泥棒の手から逃れることのできた私の小説」

自慢げにおばさんは胸を張った。

七時半まで部屋で記事を書き、編集長と電話で打ち合せをしたあと、ダイニングに降りて夕食をとった。ブイヤベースと蕪のサラダとビールを頼んだ。

テラスでは家族連れがバーベキューを食べていた。風もないのにプールの水面が揺れていた。

おばさんがあらわれるかもしれないと思って、海が見える方の席を空けておいた。犬が落ち着けるように、いらない椅子はよけておいた。

サラダにはもうトマトは入っていなかった。ビールをお代わりし、ブイヤベースのスープを最後の一すくいまで飲んだ。なのにおばさんは姿を見せなかった。

夜、『洋菓子屋の午後』を読んだ。息子を亡くした女性が、命日に洋菓子屋へケーキを買いに行く話だった。ただそれだけの話だった。僕はそれを二回繰り返して読んだ。

本当は記事の続きを書かなければならないのに、気がつくともう夜中の三時を過ぎていた。

特別癖のない文体だった。奇抜な人物も目新しい場面も出てこなかった。ただ、言葉の底にひんやりとしたさざ波が立っているような物語だった。それはひとときも休むことなく、さわさわと僕の胸を浸した。

裏表紙を開くと、著者の顔写真と略歴が載っていた。生年月日、学歴、主な作品、そして、一九九七年没。

僕はもう一度顔写真を見た。眼鏡をかけた猫背の女だった。おばさんとは少しも似ていなかった。

ベッドに入る前、財布から息子の写真を取り出した。三歳の誕生日にケーキの前で撮った写真だ。僕が写したのだ。息子はプレゼントの怪獣の人形を手に持ち、ろうそくを吹き消そうとして唇をすぼめている。

写真は角がすり減っていた。新しい写真が増えることはもうないはずだった。

「今度の誕生日で十一だ」

誰も返事をしなかった。彼はただろうそくを吹き消すのに夢中だった。

僕はいつでも息子の歳を正しく答えることができた。でもそんなことは、何の役にも立たなかった。

「最初は背泳ぎがいいわ」

デッキチェアからおばさんが叫んだ。

「ＯＫ」

プールから僕は答えた。

昨日と同じくらいよく晴れていた。雲のかけらも見当たらなかった。おばさんは手を振ったが、包みからは手を離さなかった。

本当は背泳ぎは得意ではないのだが、どうにか百メートル泳いだ。

「顎がぎゅっと引き締まってるところが素敵ね」

まわりにいる客のことなど気にせず、おばさんは大きな声を出した。もっとも、皆僕たちのことなど無視していた。前脚に頭を載せ、ラブラドールも僕の泳ぎに見入っていた。どうやったらあんなふうな格好で泳げるんだろう、と考え込んでいるかのようだった。

「次は平泳ぎよ。四百メートル」

「四百も？」

「平気よ。ターンするところをできるだけたくさん見たいの」

日差しがプールの底でもきらめいていた。いくつものか細い足、浮き輪、ゴーグルが僕の前を横切っていった。五十、七十五、百二十五、二百……。ターンするたび、僕は二十五ずつ足し算していった。

「四百」

僕はプールサイドにもたれ掛かり、肩で息をした。

「すごい、すごいわ」

おばさんは拍手をした。いつまでも止まない拍手だった。小さな手なのに、あたり一面、プールの底まで響く音を出すことができた。彼女とラブラドールのために、自分が貴重な何かを施しているような錯覚に陥った。

「最後は私の一番好きなあれをお願い。バタフライよ。バタフライ」

しぶきが上がるから、犬はもっと喜ぶだろう。おばさんは昨日みたいに、ブラボーなんて大げさに叫ぶに違いない。午前中は水族館を取材して、それでおしまいだ。おばさんを誘って一緒に行ってもいい。ジュゴンのいる水族館なのだ。イルカみたいに死んでいなければいいけど。

僕は顔を上げた。どう？　やったよ、と手を振ろうとして言葉を飲み込んだ。おばさんはいなかった。デッキチェアは空になり、ラブラドールもいなくなっていた。僕はあたりを見回した。どこにも姿は見えなかった。

水族館の取材はすぐにすんだ。ジュゴンはちゃんと生きていた。レタスの塊を食べていた。

十二時にはホテルをチェックアウトし、明日中に原稿を編集部へ送らなければいけなかった。部屋でフィルムの整理をし、荷物をまとめた。ソファーの下の黒い毛は、とっくに掃除機で吸い込まれていた。

「中年の女性なんです。小柄でおかっぱ頭で、これくらいの包みを抱えた……」

僕は説明した。フロントマンは考え込んでいた。

「そうだ。犬を連れてる。黒い犬」

「ああ、あのお客さま」

ようやくフロントマンはうなずいた。

「今朝、チェックアウトなさいました」

「えっ？　本当に？」

「はい。間違いございません」

どうしてさよならの挨拶もしないまま行ってしまったのだろう。どうしてブラボーって誉めてくれなかったんだろう。

僕は駐車場で荷物を車に詰め込んだ。もう一度だけプールをのぞいてみた。相変わらず混雑していた。プールサイドにはすき間なくパラソルが開き、飲み物を運ぶウエイターが忙しげに歩き回っていた。

一つだけ、空いたデッキチェアがあった。朝、おばさんが座っていたデッキチェアだ。真ん中に、例の包みが取り残されていた。おばさんから引き離され、心細く怯えているように見えた。

僕はそれに手をのばした。結び目を解くと、原稿用紙の束が出てきた。全部、白紙だった。

編者解説

朝宮　運河

ホテルや旅館に怖い話はつきものだ。宿泊先で妙に薄暗い部屋に通され、ベッドで寝ていると枕元にあやしい人影が……といったたぐいの怪談は、誰しも一度は耳にしたことがあるだろう。モダンホラーの金字塔として名高いスティーヴン・キングの『シャイニング』を筆頭に、怖い宿や怪しい宿は小説や映画でもたびたび取りあげられてきた。

しかしなぜ私たちは、宿に怖いイメージを抱くのだろう。いくつかの理由が考えられよう。普段の生活圏から遠く離れた、一種の非日常空間であること。老若男女さまざまな人びとが、一堂に会する特異な場であること。長い廊下に客室がずらりと並んだ、宿泊施設に特有の景観も考慮に入れるべきかもしれない。これらはすべて旅の楽しさではあるのだが、往々にして不安や恐怖にも結びつく。

宿泊先にどんな過去や秘密があるか、一介の旅行者には知りようがないという事情も大きいだろう。一見明るく清潔そうな宿であっても、スタッフの間で共有されている、ほの暗い秘密があるかもしれない。疑い始めればきりがない。ときおり報じられる宿泊施設での事件や事故が、こうしたイメージに一定のリアリティを付与していく。

そもそもわが国の怪奇幻想文学において、旅と怪異は深い関わりを有してきた。僧などが旅先でさまざまな怪異に遭遇する中世の夢幻能から、各地の奇談・怪談を集成した近世初期の諸国咄を経て、上田秋成の『雨月物語』、幸田露伴の『対髑髏』、泉鏡花の『高野聖』へといたる日本ホラー文学史には、旅というモチーフが頻繁に現れてくる。旅が異界への扉を開く行為なのだとしたら、宿泊先であやしい出来事が起こったとしても、なんら不思議はないのだ。

本書は、ホテルや旅館にまつわるホラー――旅泊ホラーの傑作を収録したテーマアンソロジーである。収録作を選ぶにあたっては、昨年刊行した『家が呼ぶ　物件ホラー傑作選』と同様、怖いホラー小説であることを第一基準としたうえで、描かれる宿泊施設の多様さも考慮し、このテーマの幅広さを感じていただけるよう心がけた。怪しげな気配漂う温泉旅館から、瀟洒なリゾートホテル、心霊スポットと化した廃ホテルまで、それぞれ個性的な十一軒の宿の物語を、じっくり味わっていただきたい。

以下、収録作について解説する。

遠藤周作「三つの幽霊」

まずはこのテーマを代表する、折り紙つきの名作をご紹介したい。本編は『海と毒薬』『沈黙』などで知られる遠藤周作が、三つの宿泊施設での恐怖体験を綴ったエッセイ風の作品である。名著『怪奇小説集』の巻頭を飾った作品として、ご記憶されている方も多いだろう。ルーアンの安ホテル、リヨンの学生寮でのエピソードも鬼気迫るが、何といっても熱海の温泉旅館での幽霊目撃談が恐ろしい。旅に同行した友人・三浦朱門の証言を交えつつ、達意の語り口で披露される恐怖の一夜の顚末。後日談の薄気味悪さも相まって、勘違いや気のせいでは片付けられないリアリティを今なお感じさせる。

福澤徹三「屍の宿」

主人公が愛人とともに泊まりに出かけた、知る人ぞ知る秘湯。しかしその町も宿も明らかに様子がおかしい。現代怪談の名手による、ストレートな幽霊旅館ホラー。都筑道夫の某短編を本歌取りした鮮やかな幕切れもさることながら、序盤から積み上げられていく〝いやな宿〟のディテールがなにより圧巻である。遠藤周作、吉行淳之介らの作品によって文学に開眼した著者は、二〇〇〇年に幽暗な怪談集『幻日』でデビュー。今日主に手がけているアウトロー小説やクライムノベル、警察小説にも、本編と相通ずるような死の気配が漂っている。

坂東眞砂子「残り火」

次にご案内するのは、奈良県の山中にある温泉宿。檜で造られた湯屋の中、こんこんと湧き出る湯が、疲れ切った主人公の心身を癒やしてくれる。彼女は権威的な舅に支配された嫁ぎ先から、着の身着のままで逃げてきたのだ。そこにふと兆す怪異の影。浴室の窓越しに交わされる熟年夫婦の会話を軸に、家父長制に虐げられてきた主人公の半生を鮮烈に浮かびあがらせた一編。声なき者たちの叫びを、土俗的恐怖の世界に封じこめた坂東ホラーは、今日あらためて広く読まれるべきものだろう。

小池壮彦「封印された旧館」

ルポライターの小池壮彦が、体験者からの取材をもとに執筆した怪談実話。歯列矯正をしている少女、二階の窓に石を投げ続ける幼なじみ、といった辻褄の合いそうで合わないエピソードが、廃墟化したホテルの不気味な光景と相まって、この著者らしい異様な読み味を作り出している。平成後期の怪談実話シーンにおいて、群を抜いて恐ろしい〝大ネタ〟として畏怖されてきたのも頷けるだろう。なお本編発表後、著者はこのホテルの位置を特定し、現地調査を行っている。気になる方は『怪奇事件はなぜ起こるのか』（洋泉社）を一読されたい。

山白朝子「湯煙事変」

このあたりで時代小説の中の温泉地を訪ねてみよう。実力派怪談作家・山白朝子が書き継いでいる「和泉蠟庵」シリーズの一編である。旅本と呼ばれる旅行ガイドの作者で、極度の方向音痴でもある和泉蠟庵が、諸国を旅し、奇妙な事件に巻きこまれる。本編で蠟庵と荷物持ちの耳彦が足を踏み入れたのは、陰気で薄汚れた旅人宿だ。しかも近くの温泉では、失踪者が後を絶たないという。すでにこの世にない者たちとの、湯煙の中でのあまりに切ない邂逅。古来、温泉地は霊場でもあったことを思い出す。

恩田陸「深夜の食欲」

日本各地、いや全世界からさまざまな宿泊客が訪れる宿は、従業員にとっても油断のならない空間だろう。本編は、巨大な迷宮じみた真夜中のホテルの廊下（キング原作のホラー映画『シャイニング』を思わせる）を、ワゴンを押したボーイがスイートルームに向かうさまを描いた幻想ホラー。断片的に挿入される血塗られたイメージが、人気のない廊下をじわじわと恐怖の色に染め上げていく。クラシカルな残酷味に満ちた恩田流幽霊屋敷小説『私の家では何も起こらない』などとも一脈通ずる、どこか無邪気な幕切れが恐ろしい。

綾辻行人「カンヅメ奇談」

書き下ろし小説を仕上げるため都内のホテルにカンヅメになった主人公は、ふいに幼い頃の記憶を取り戻す。大叔父に連れられて出かけた、由緒ある高級ホテルのことを。綾辻行人その人を連想させるミステリ作家の尋常ならざる日常を、恐怖と幻想、そして絶妙なユーモアを交えつつ描いた好連作「深泥丘奇談」の中でも、ひときわゴシック趣味の濃厚な一編。客室内の〝開かずのドア〟が重要な役割を果たすあたりも、風変わりな館を好んで描くこの著者らしい。ちなみに奇怪なQ＊＊ホテルは、同シリーズの「夜泳ぐ」にも登場している。

北野勇作「螺旋階段」

映画の試写会場を出た主人公は、エレベーターを使わず、螺旋階段で地上へと向かう。その光景が映画に登場したホテルにそっくりだと気づいたところから、男の現実は揺らぎ始める。SF小説の鬼才が錯綜した語りのテクニックで、異界めいたホテルを召喚してみせた一編。この宿に一度足を踏み入れたら、チェックアウトは叶わないのだろう。

なお本編と恩田陸「深夜の食欲」の初出は『異形コレクション9　グランドホテル』。同書は収録作すべてが同じホテルのバレンタインデーを舞台にしているという、卓抜な趣向の書き下ろしアンソロジーであった。

半村良「ホテル暮らし」

続いて東京都内の華やかなシティホテルを訪ねてみたい。北海道での生活を切り上げ、東京に戻ってきた主人公は、建設会社役員の知人と再会する。彼は長年の夢だったホテルを、ついに開業させたというのだ。壮大な伝奇SFを執筆するかたわら、人情小説にも腕を振るった著者が、ホテル建設に夢を託した男の切ないまでの妄執を描き出す。オーソドックスな幽霊譚になりがちなところを、ビターな幕切れできりっと締めているのもさすがである。著者には「雪洞夜話」という忘れがたい温泉宿ホラーもある。

都筑道夫「狐火の湯」

生前膨大な数の怪談を残した著者には、トラベルライター・雪崩連太郎を主人公にしたシリーズをはじめとして、旅先での怪異を扱ったものが少なくない。本編はその中でも屈指の不気味さを誇る、温泉怪談の逸品である。山中の温泉宿に滞在する劇作家の眼前で揺らめく、青みを帯びた光。温泉地に狐火が出る、ただそれだけの話をこれだけ怖く書けるのは、ひとえに筆の力だろう。科学文明全盛の時代に怪談を書くとはこういうことだ、という著者の自負が伝わってくるようだ。敬愛する岡本綺堂にオマージュを捧げたような怪談会小説『深夜倶楽部』中の一編。

小川洋子「トマトと満月」

雑誌の紹介記事を書くため海沿いのリゾートホテルにチェックインした主人公は、犬を連れた中年女性と知り合う。ちょっと風変わりな彼女との淡い交流は、やがて思わぬ結末を迎えることに。幽霊をはっきりと出現させることなく、暗喩めいたエピソードを積み重ねることで、リゾートホテルを彼岸の気配で包んでみせた「現代怪異小説」（雑誌掲載時の惹句）の佳品。リゾート地の光景が呼び覚ます旅情と多幸感、そしてその背後に揺曳する終わりの予感を鮮やかにすくいとった本編は、怖い宿をめぐる旅のしめくくりにふさわしい。

編纂作業中はさほど意識していなかったが、できあがってみると本書は『家が呼ぶ物件ホラー傑作選』と好一対をなすアンソロジーとなった。家と宿、定住することと旅すること。人間の生活と密接に関わるこれらのモチーフは、彼岸と此岸のボーダーラインを描く怪奇幻想文学の二つの核とも言えるものだろう。コインの裏表のような両書を読み比べつつ、ホラーの面白さをあらためて感じ取っていただけると幸いである。

作品掲載を快く許可してくださった著者・著作権者の皆さま、今回も不穏なカバーをデザインしてくださった welle design の坂野公一さんと吉田友美さん、そして本書を理想的な形に仕上げてくださったちくま文庫編集部の砂金有美さんに、この場を借りて御礼申し上げたい。

二〇二一年五月吉日

初出／底本一覧

遠藤周作「三つの幽霊」――「オール讀物」一九五八年五月号／『新撰版　怪奇小説集「恐」の巻』講談社文庫、二〇〇〇年二月刊

福澤徹三「屍の宿」――「小説新潮」二〇〇二年十一月号／『死小説』幻冬舎文庫、二〇〇八年八月刊

坂東眞砂子「残り火」――「野性時代」一九九四年六月号／『屍の聲』集英社文庫、一九九九年九月刊

小池壮彦「封印された旧館」――『幽霊物件案内2』同朋舎発行、角川書店発売、二〇〇一年六月刊／『怪談 FINAL EDITION』INFAS パブリケーションズ、二〇〇九年九月刊

山白朝子「湯煙事変」――「幽」vol. 10、二〇〇八年十二月刊／『エムブリヲ奇譚』角川文庫、二〇一六年三月刊

恩田陸「深夜の食欲」――『異形コレクション9　グランドホテル』廣済堂文庫、一九九九年三月刊／『朝日のようにさわやかに』新潮文庫、二〇一〇年六月刊

綾辻行人「カンヅメ奇談」――「幽」vol. 21、二〇一四年八月刊／『深泥丘奇談・続々』角川文庫、二〇一九年八月刊

北野勇作「螺旋階段」――『異形コレクション9　グランドホテル』廣済堂文庫、一九九九年三月刊／『北野勇作どうぶつ図鑑　その3　かえる』ハヤカワ文庫JA、二〇〇三年五月刊

半村良「ホテル暮らし」――「オール讀物」一九八七年九月号／『夢あわせ』文春文庫、一九九二年一月刊

都筑道夫「狐火の湯」――「小説推理」一九八六年四月号／『深夜倶楽部』徳間文庫、一九九二年十一月刊

小川洋子「トマトと満月」――「週刊小説」一九九七年十月十七日号〜十月三十一日号／『寡黙な死骸 みだらな弔い』中公文庫、二〇〇三年三月刊

著者紹介

遠藤周作（えんどう・しゅうさく）
一九二三年東京都生まれ。慶應義塾大学卒業後フランスに留学。五五年「白い人」で芥川賞を受賞。一貫してキリスト教と日本的風土の関わりを追求するかたわら、歴史小説やユーモア小説、軽妙なエッセイでも人気を博した。著書に『海と毒薬』『わたしが・棄てた・女』『沈黙』『死海のほとり』『深い河』など。九五年文化勲章受章。九六年没。

福澤徹三（ふくざわ・てつぞう）
一九六二年福岡県生まれ。二〇〇〇年『幻日』でデビュー（『再生ボタン』と改題して文庫化）。〇八年『すじぼり』で第十回大藪春彦賞を受賞。ホラーから怪談実話、クライムノベル、警察小説まで幅広く執筆、著書に『東京難民』『白日の鴉』『死に金』『忌談』『俠飯』『Iターン』『羊の国のイリヤ』『そのひと皿にめぐりあうとき』など多数。

坂東眞砂子（ばんどう・まさこ）
一九五八年高知県生まれ。ライターを経て、児童文学作家としてデビュー。九三年の『死国』以降一般向け小説に転身、ホラーや恋愛小説、歴史小説を執筆する。九六年『桜雨』で島清恋愛文学賞、九七年『山妣』で直木賞、二〇〇二年『曼荼羅道』で柴田錬三郎賞を受賞。著作に『桃色浄土』『旅涯ての地』『道祖土家の猿嫁』『朱鳥の陵』など。一四年没。

小池壮彦（こいけ・たけひこ）
一九六三年東京都生まれ。怪談史家・ルポライターとして、怪異の真相やその社会的・歴史的背景に迫るノンフィクションを数多く執筆している。著書に『幽霊は足あとを残す　怪奇探偵の実録事件ファイル』『心霊写真　不思議をめぐる事件史』『幽霊物件案内』『四谷怪談　祟りの正体』『東京の幽霊事件　封印された裏面史』など。

山白朝子（やましろ・あさこ）
一九七八年福岡県生まれ。二〇〇五年に執筆活動をスタート。雑誌『幽』『怪と幽』を中心に怪談・幻想文学を執筆する。著作に『死者のための音楽』『エムブリヲ奇譚』『私のサイクロプス』『私の頭が正常であったなら』がある他、乙一、中田永一、越前魔太郎、安達寛高との共著に『メアリー・スーを殺して　幻夢コレクション』がある。

恩田陸（おんだ・りく）
一九六四年宮城県生まれ。九二年『六番目の小夜子』でデビュー。二〇〇五年『夜のピクニック』で吉川英治文学新人賞と本屋大賞、〇六年『ユージニア』で日本推理作家協会賞、〇七年『中庭の出来事』で山本周五郎賞、一七年『蜜蜂と遠雷』で直木賞と本屋大賞を受賞。著書に『木曜組曲』『夜の底は柔らかな幻』『スキマワラシ』『灰の劇場』など。

綾辻行人（あやつじ・ゆきと）
一九六〇年京都府生まれ。大学院在学中の八七年『十角館の殺人』でデビュー。〈新本格〉ミステリーの旗手として活躍する。九二年『時計館の殺人』で日本推理作家協会賞。代表作の「館」シリーズの他、著作に『緋色の囁き』『霧越邸殺人事件』『眼球綺譚』『深泥丘奇談』『Another』などがある。一八年に日本ミステリー文学大賞を受賞。

北野勇作（きたの・ゆうさく）
一九六二年兵庫県生まれ。会社勤めのかたわらSF短編や落語台本を執筆。九二年『昔、火星のあった場所』で日本ファンタジーノベル大賞優秀賞を受賞してデビュー。二〇〇一年『かめくん』で日本SF大賞を受賞。著作に『どーなつ』『人面町四丁目』『どろんころんど』『きつねのつき』『カメリ』『100文字SF』など。

半村良（はんむら・りょう）
一九三三年東京都生まれ。六二年「収穫」でハヤカワ・SFコンテストに入選しデビュー。七一年の長編『石の血脈』で〈伝奇ロマン〉と呼ばれるジャンルを開拓した。七三年『産霊山秘録』で泉鏡花文学賞、七五年「雨やどり」で直木賞、八八年『岬一郎の抵抗』で日本SF大賞、九三年『かかし長屋』で柴田錬三郎賞を受賞。二〇〇二年没。

都筑道夫（つづき・みちお）
一九二九年東京都生まれ。『エラリイ・クイーンズ・ミステリ・マガジン』の編集者を経て、五九年より専業作家に。ミステリー、SF、時代小説と幅広い分野で活躍。国内外のホラーに精通し〈日本で一番たくさん怪談を書いた作家〉と称される。著書に『やぶにらみの時計』『血みどろ砂絵』『十七人目の死神』『退職刑事』など。二〇〇三年没。

小川洋子（おがわ・ようこ）
一九六二年岡山県生まれ。八八年「揚羽蝶が壊れる時」で海燕新人文学賞を受賞してデビュー。九一年『妊娠カレンダー』で芥川賞、二〇〇四年『博士の愛した数式』で読売文学賞と本屋大賞、『ブラフマンの埋葬』で泉鏡花文学賞、〇六年『ミーナの行進』で谷崎潤一郎賞、一三年『ことり』で芸術選奨文部科学大臣賞をそれぞれ受賞。

本書のなかには、今日の人権意識に照らして不当・不適切と思われる語句や表現が含まれる作品がありますが、作品の時代背景と歴史的価値にかんがみ、そのままとしました。また、本書収録にあたり、著者の意向から加筆修正を加えた作品もあります。

本書は、ちくま文庫のためのオリジナル編集です。

沈黙博物館　小川洋子
「形見じゃ」老婆は言った。死の完結を阻止するために形見が盗まれる。死者が残した断片をめぐるやさしくスリリングな物語。（堀江敏幸）

星間商事株式会社社史編纂室　三浦しをん
二九歳「腐女子」川田幸代、社史編纂室所属。恋の行方も友情の行方も五里霧中。仲間と共に「同人誌」を武器に社の秘められた過去に挑む!?（金田淳子）

つむじ風食堂の夜　吉田篤弘
それは、笑いのこぼれる夜。――食堂は、十字路の角にぽつんとひとつ灯をともしていた。クラフト・エヴィング商會の物語作家による長篇小説。

通天閣　西加奈子
このしょーもない世の中に、救いようのない人生に、ちょっぴり暖かい灯を点す驚きと感動の物語。第24回織田作之助賞大賞受賞作。（津村記久子）

この話、続けてもいいですか。　西加奈子
ミッキーこと西加奈子の目を通すと世界はワクワク、ドキドキ輝く。いろんな人、出来事、体験がてんこ盛りの豪華エッセイ集！（中島たい子）

君は永遠にそいつらより若い　津村記久子
22歳処女。いや「女の童貞」と呼んでほしい――。日常の底に潜むうっすらとした悪意を独特の筆致で描く。第21回太宰治賞受賞作。（松浦理英子）

アレグリアとは仕事はできない　津村記久子
彼女はどうしようもない性悪だった。すぐ休み単純労働をバカにし男性社員に媚を売る。大型コピー機とミノベとの仁義なき戦い！（千野帽子）

まともな家の子供はいない　津村記久子
セキコには居場所がなかった。うちには父親がいる。うざい母親、テキトーな妹。まともな家なんてどこにもない！　中3女子、怒りの物語。（岩宮恵子）

こちらあみ子　今村夏子
あみ子の純粋な行動が周囲の人々を否応なく変えていく。第26回太宰治賞、第24回三島由紀夫賞受賞作。書き下ろし「チズさん」収録。（町田康／穂村弘）

さようなら、オレンジ　岩城けい
オーストラリアに流れ着いた難民サリマ。言葉も不自由な彼女が、新しい生活を切り拓いてゆく。第29回太宰治賞受賞・第150回芥川賞候補作。（小野正嗣）

尾崎翠集成（上・下）　尾崎翠　中野翠 編

鮮烈な作品を残し、若き日に音信を絶った謎の作家・尾崎翠。時間と共に新たな輝きを加えてゆくその文学世界を集成する。

クラクラ日記　坂口三千代

戦後文壇を華やかに彩った無頼派の雄・坂口安吾との、嵐のような生活を妻の座から愛と悲しみをもって描く回想記。巻末エッセイ＝松本清張

貧乏サヴァラン　森茉莉　早川暢子 編

オムレット、ボルドオ風茸料理、野菜の牛酪煮……。食いしん坊茉莉は料理自慢。香り豊かな〝茉莉ことば〟で綴られる垂涎の食エッセイ。文庫オリジナル。

紅茶と薔薇の日々　森茉莉　早川茉莉 編

天皇陛下のお菓子に洋食店の味、庭に実る木苺……森鷗外の娘にして無類の食いしん坊、森茉莉が描く懐かしく愛おしい美味の世界。（辛酸なめ子）

ことばの食卓　武田百合子　野中ユリ・画

なにげない日常の光景やキャラメル、枇杷など、食べものに関する昔の記憶と思い出を感性豊かな文章で綴ったエッセイ集。（種村季弘）

遊覧日記　武田百合子　武田花・写真

行きたい所へ行きたい時に、つれづれに出かけてゆく。一人で。または二人で。あちらこちらを遊覧しながら綴ったエッセイ集。（巖谷國士）

わたしは驢馬に乗って下着をうりにゆきたい　鴨居羊子

新聞記者から下着デザイナーへ。斬新で夢のある下着を世に送り出し、下着ブームを巻き起こした女性起業家の悲喜こもごも。（近代ナリコ）

私はそうは思わない　佐野洋子

佐野洋子は過激だ。ふつうの人が思うようには思わない。大胆で意表をついたまっすぐな発言をする。だから読後が気持ちいい。（群ようこ）

神も仏もありませぬ　佐野洋子

還暦……もう人生おりたかった。でも春のきざしの蕗の薹に感動する自分がいる。意味なく生きても人は幸せなのだ。第3回小林秀雄賞受賞。（長嶋康郎）

老いの楽しみ　沢村貞子

八十歳を過ぎ、女優引退を決めた著者が、日々の思いを綴る。齢にさからわず、「なみ」に、気楽に、と過ごす時間に楽しみを見出す。（山崎洋子）

吉行淳之介ベスト・エッセイ　荻原魚雷編
創作の秘密から、ダンディズムの条件まで。「文学」「男と女」「紳士」「人物」のテーマごとに厳選した、吉行淳之介の入門書にして決定版。（大竹聡）

田中小実昌ベスト・エッセイ　大庭萱朗編
東大哲学科を中退し、バーテン、香具師などを転々とし、飄々とした作風とミステリー翻訳で知られるコミさんの厳選されたエッセイ集。（片岡義男）

山口瞳ベスト・エッセイ　小玉武編
サラリーマン処世術から飲食、幸福と死まで。――幅広い話題の中に普遍的な人間観察眼が光る山口瞳の豊饒なエッセイ世界を一冊に凝縮した決定版。

色川武大・阿佐田哲也ベスト・エッセイ　大庭萱朗編
二つの名前を持つ作家のベスト。文学論、落語からタモリまでの芸能論、ジャズ、作家たちとの交流も。もちろん阿佐田哲也名の博打論も収録。（木村紅美）

開高健ベスト・エッセイ　小玉武編
文学から食、ヴェトナム戦争まで――おそるべき博覧強記と行動力。「生きて、書いて、ぶつかった」開高健の広大な世界を凝縮したエッセイを精選。

中島らもエッセイ・コレクション　小堀純編
小説家、戯曲家、ミュージシャンなど幅広い活躍で没後なお人気の中島らもの魅力を凝縮！　酒と文学とエンターテインメント。（いとうせいこう）

文房具56話　串田孫一
使う者の心をときめかせる文房具。どうすればこの小さな道具が創造力の源泉になりうるのか。文房具の想い出や新たな発見、工夫や悦びを語る。

ぼくは散歩と雑学がすき　植草甚一
1970年、遠かったアメリカ。その風俗、映画、本、音楽から政治までをフレッシュな感性と膨大な知識、貪欲な好奇心で描き出す代表エッセイ集。

快楽としてのミステリー　丸谷才一
ホームズ、007、マーロウ――探偵小説を愛読して半世紀、その楽しみを文芸批評とゴシップを駆使して自在に語る、文庫オリジナル。（三浦雅士）

超発明　真鍋博
昭和を代表する天才イラストレーターが、唯一無二のSF的想像力と未来的発想で〝夢のような発明品〟129例を描き出す幻の作品集。（川田十夢）

ねぼけ人生〈新装版〉　水木しげる

戦争で片腕を喪失、紙芝居・貸本漫画の時代と、波瀾万丈の人生を、楽天的に生きぬいてきた水木しげるの、面白くも哀しい半生記。（呉智英）

「下り坂」繁盛記　嵐山光三郎

人の一生は、「下り坂」をどう楽しむかにかかっている。真の喜びや快感は「下り坂」にあるのだ。あちこちにガタがきても、愉快な毎日が待っている。

向田邦子との二十年　久世光彦

あの人は、あり過ぎるくらいあった始末におえない胸の中のものを誰にだって、一言も口にしない人だった。時を共有した二人の世界。（新井信）

旅に出る　ゴトゴト揺られて本と酒　椎名誠

旅の読書は、漂流モノと無人島モノと一点こだわりガンコ本！　本と旅とそれから派生していく自由な思いのつまったエッセイ集。（竹田聡一郎）

昭和三十年代の匂い　岡崎武志

テレビ購入、不二家、空地に土管、トロリーバス、くみとり便所、少年時代の昭和三十年代の記憶をたどる。巻末に岡田斗司夫氏との対談を収録。

本と怠け者　荻原魚雷

日々の暮らしと古本を語り、古書に独特の輝きを与えた「ちくま」好評連載「魚雷の眼」を、一冊にまとめた文庫オリジナルエッセイ集。（岡崎武志）

増補版　誤植読本　高橋輝次編著

本と誤植は切っても切れない⁉　恥ずかしい打ち明け話や、校正をめぐるあれこれなど、作家たちが本音を語り出す。作品42篇収録。（堀江敏幸）

わたしの小さな古本屋　田中美穂

会社を辞めた日、古本屋になることを決めた。倉敷の空気、古書がつなぐ人の縁、店の生きものたち……。女性店主が綴る蟲文庫の日々。（早川義夫）

ぼくは本屋のおやじさん　早川義夫

22年間の書店としての苦労と、お客さんとの交流。どこにもありそうで、ない書店。30年来のロングセラー！（大槻ケンヂ）

たましいの場所　早川義夫

「恋をしていいのだ。今を歌っていくのだ」。心を揺るがす本質的な言葉。文庫用に最終章を追加。帯文＝宮藤官九郎　オマージュエッセイ＝七尾旅人

ちくま文庫

宿《やど》で死《し》ぬ
――旅泊《りょはく》ホラー傑作選《けっさくせん》

二〇二一年六月十日　第一刷発行

編　者　朝宮運河（あさみや・うんが）
発行者　喜入冬子
発行所　株式会社　筑摩書房
東京都台東区蔵前二―五―三　〒一一一―八七五五
電話番号　〇三―五六八七―二六〇一（代表）
装幀者　安野光雅
印刷所　明和印刷株式会社
製本所　株式会社積信堂

ISBN978-4-480-43746-4 C0193